诗品译注

（南朝梁）钟嵘 著
杨焄 译注

北京联合出版公司
Beijing United Publishing Co.,Ltd.

目录

诗品上

诗品中

诗品下

前　言

在浩如烟海的中国传统诗文评著中，钟嵘《诗品》与刘勰《文心雕龙》这两部六朝时期的作品一直是个中翘楚。明代诗论家胡应麟眼界甚高，但也不得不承认："评诗者，刘勰《雕龙》、钟嵘《诗品》。刘、钟藻骘，妙有精理。"（《诗薮》外编卷二）清代史学家章学诚尽管对文学持有偏见，对这两部著作的学术价值却评价极高，认为"《诗品》之于论诗，视《文心雕龙》之于论文，皆专门名家勒为成书之初祖也。《文心》体大而虑周，《诗品》思深而意远。盖《文心》笼罩群言，而《诗品》深从六艺溯流别也"（《文史通义·诗话》）。即便到了西潮激荡的晚清时期，这两部体现齐梁时代文学观念的论著仍然被视为"诗文之门径"（张之洞《輶轩语·语学》），用以指导初学。不过细究起来，这两者在撰述旨趣、理论主张、批评方式等多个方面却是彼此异趣，各有所长。与《文心雕龙》意在指导实际创作，因而涵盖各种文学体裁、涉及诸多表现技巧有所不同，《诗品》的宗旨则在于评论诗人诗艺的优劣高下，因而集中探讨了五言诗歌的源流迁变。

一、钟嵘生平与《诗品》概况

钟嵘（468？—518？），字仲伟，颍川长社（今河南长葛东北）人。生活于南朝齐、梁时期。颍川钟氏本是世家大族，钟嵘的先祖中包括了汉魏之际著名的书法家钟繇、官拜侍中而显赫一时的钟毓、率军灭蜀且精研《易》理的钟会、永嘉南渡后官至侍中的钟雅，以及擅长创作而名列《诗品》的钟宪等，毫无疑问是一个政治、文化地位极高的世家大族。但先祖的荣耀到了齐、梁时期已经消歇殆尽，钟嵘的父亲钟蹈只担任过中军参军这样的下级官职。

钟嵘在南齐永明初曾入学为国子生。历仕三朝的知名文士江淹此刻正兼领国子博士，应该算是他的老师。同学之中也不乏能文善诗之辈，其中有一位虞羲，曾游于竟陵王萧子良门下。竟陵王门下会聚了一大批文人，最为知名的当属一代文宗沈约，钟嵘或许向其请益过。还有一位后进领袖刘绘，本想撰写专著来评论诗人，虽然最终未能蒇事，却对钟嵘后来撰写《诗品》有所启发。由于好学深思，精通《周易》，钟嵘受到了国子监祭酒王俭的赏识。当时诗坛的后起之秀谢朓正在王俭幕中担任东阁祭酒，另一位年少闻名的文士王融则是王俭的从子。他们和钟嵘年龄相近，兴趣相投，有过密切的交往，并一起谈论过诗文。年轻的钟嵘身处如此良好的氛围之中，对其提高诗歌品鉴能力而言自然是助益良多。在晚年撰写的《诗品》中，他还将这些昔日的师友悉数列入，逐一予以论列品评。

钟嵘在齐明帝萧鸾时步入仕途，担任过南康王萧子琳侍郎、抚军将军萧遥光行参军、安国令、司徒行参军等职务。入梁以后，又曾出任过临川王萧宏参军、衡阳王萧元简记室和晋安王萧纲记室。梁武帝天监初年，刘勰也曾在萧宏府中担任记室。这两位后世齐名的批评大家在当时或许有过交流切磋，可惜文献有阙，无法进一步深究。钟嵘的官职品阶虽不高，但在齐、梁两代都曾上书说言论政，颇显英锐之气。他最后病卒于晋安王记室任上，故世称钟记室。

《诗品》成书于梁代，是钟嵘的晚年之作，也是他唯一存世的作品。尽管五言诗的创作自西汉起就已经出现，到了魏晋以后更是发展兴盛，但在某些评论家眼中，其地位却无法与拥有悠久历史和光辉传统的四言诗体相提并论。西晋批评家挚虞在《文章流别论》中说："雅音之韵，四言为正。其馀虽备曲折之体，而非音之正也。"就明确将非四言诗体排斥在正音之外。和钟嵘同时的刘勰在《文心雕龙·明诗》中说："四言正体，则雅润为本；五言流调，则清丽居宗。华实异用，惟才所安。"虽然重点在于指出作者才性与所擅诗体之间的关联，但从"正体""流调"的措辞中还是可以看出略有轩轾。钟嵘将评论的对象限定在五言诗上，不仅如实地反映出五言诗早已取代四言诗的发展状况，更加彰显出他敏锐独到的眼光和突破成规的锐气。在五言诗体的经典化历程中，钟嵘的《诗品》做出了非常重要的贡献。

《诗品》全书以历代五言诗人作为评论对象，择取自汉以来的一百二十二位知名诗人（另有无主名的汉代古诗一则），根据创作水准的高低而分成上、中、下三品，分别予以简要精切的评论。每品之前还各有一篇序言，对于诗歌起源、五言诗发展过程、诗歌创作手法、诗歌审美标准、永明声律说等问题都发表了意见。在具体评论中，还对其中三十六位诗人的创作特色加以考察推溯，并最终归结至国风、小雅和楚辞这三个源头，由此构建起历代五言诗风格递嬗承传的谱系。尽管三品论人及推溯源流的做法在后世引起过不少的非议，但就整体而言，《诗品》确实是一部精心撰作、结构缜密、条理清晰的诗评著作。

关于《诗品》的本来面貌还存有不少疑问。比如关于书名就存在争议。据《梁书·钟嵘传》记载："嵘尝品古今五言诗，论其优劣，名为《诗评》。"《南史·钟嵘传》也说："嵘品古今诗为评。"似乎原来的名称应是"诗评"。但其后《隋书·经籍志》又著录说："《诗评》三卷，钟嵘撰。或曰《诗品》。"说明到了唐初，"诗评"和"诗品"这两个名称已同时并存了。虽然在此之后"诗品"一名逐渐被人接受且流传广泛，但根据现有文献资料，还没有非常确凿的证据来论定孰是孰非。

另有序言安排的问题。这方面情况极为复杂，分歧更多。最早的元刊《群书考索》本将序言分为三部分，其中第一部分被置于卷首作为总序（唐初人所撰《梁书·钟嵘传》也曾引录过这段文字，可知这部分确实相对完整独立），其馀两部分别被置于中、下品之前作为该品之序。到了明代，不少版本虽然也分为三部分，但分列于三品之前，作为每一品相应的序言。清人张锡瑜在为《诗品》作注时，又将第一部分作为总序，而将其馀两部分分别视作上品和中品的后序。另一位清人何文焕在其所编的《历代诗话》中则径直将这三部分内容合并在一起，作为一整篇文字弁于全书之首。现代学者甚至还提出将最后一部分中论列历代五言警策的内容再单独抽出，作为全书的论赞或总跋。即便排除了某些臆测武断的做法，仍有一些疑惑难以消除。看似简单的分合、位置问题，其实关系到对于《诗品》结构和钟嵘思想的理解。

还有一个问题则牵涉到对全书性质的判定。日本近代汉学家青木正儿根据《中品序》所云"嵘今所录,止乎五言"以及"中品·梁左光禄沈约"条中所云"约所著既多，今剪除淫杂，收其精要"，率先提及"从这口吻来看，则钟嵘原来别有所编之总集,《诗品》一定是那书的附录"(《中国文学概说》第六章《评论学》)，之后中沢希男、兴膳宏等日本学者对此也续有讨论。近年来中国学者梁临川陆续发表了不少论文，从《诗品》内部找寻到更多证据，对此有极为深入细致的考察，认为《诗品》原本应该是一部附有评论的诗歌总集，现存的评论部分只是其中的次要内容。虽然也有学者质疑此说，但似乎还不能用坚实的证据来予以驳斥。

上述的这些疑问或许因为书缺有间而很难得到最终的解答，但必要的讨论对于深入探究《诗品》的文本特征乃至钟嵘的诗学观念而言无疑是大有裨益的。

二、钟嵘的诗学观念和《诗品》的文学特色

钟嵘撰写《诗品》的初衷是有鉴于当时评论诗歌者往往“随其嗜欲,商榷不同”,以至于“喧议竞起,准的无依”(《上品序》),因此在阐述自己的诗学观念时就显得格外直截了当,在批评某些弊端时甚至还令人有尖锐激切之感。当然,并不能因其对当时诗坛多有讥评,就简单地将之置于和世风相互对立的位置,因为从不少地方仍能发现他体现了齐梁时期人们共有的审美观念。

首先,钟嵘认为诗歌的产生缘于“摇荡性情”,必须具有“感荡心灵”的效果。注重个人情感的抒发,原本是魏晋以来文学创作和文学批评中早已存在的现象,他的主张正顺应这样的抒情传统。人的日常情感原本是丰富多样的,在诸多情感基调中,他尤其重视阐扬作品中抒写的哀怨沉痛之情。以悲为美的审美现象虽然也早已出现,但到了《诗品》才被作为一个重要的理论主张被彰显出来。在对诗人的具体评述中,屡屡可以看到这一特点。例如上品说古诗“意悲而远”“多哀怨”,李陵“文多凄怆,怨者之流”,班婕妤“怨深文绮”,曹植“情兼雅怨”,王粲“发愀怆之词”,左思“文典以怨”,阮籍“颇多感慨之词”;中品论秦嘉、徐淑“夫妻事既可伤,文亦凄怨”,刘琨、卢谌“善为凄戾之词”,郭泰机“孤怨宜恨”,沈约“长于清怨”;下品评曹操“甚有悲凉之句”,毛伯成“亦多惆怅”。这些诗人所抒发的哀怨之情,均与其坎坷、颠沛的人生遭际密切相关,绝不

是为文造情而生硬造作的无病呻吟，这就使得情感的表达更为真挚，也更为深沉。

其次，钟嵘要求诗人在创作中必须“直寻”，崇尚作品中所体现的“自然英旨”。所谓“直寻”是指诗人对外界的美有着与生俱来的敏锐感受，并能通过自然鲜活的语言将这种即目所见的美展现出来。这方面的意见原本是针对当时诗人喜好堆砌典故、卖弄才学而发的。在钟嵘看来，诗歌和其他文体不同之处就在于它本诸性情，因而不能让事典学问窒塞了情感的自由抒发。他批评颜延之“动无虚发，一句一字，皆致意焉。又喜用古事，弥见拘束”，感叹任昉“动辄用事，所以诗不得奇。少年士子效其如此，弊矣”（均见中品），就是因为两人的作品堆砌典故，过于雕琢。而在上品中评价谢灵运时说:“兴多才博，寓目辄书，内无乏思,外无遗物。”就是因为谢诗能够充分体现“直寻”的特点，符合“自然英旨”的标准。与此相关，钟嵘对于南齐永明年间兴起的声律说也持反对的意见。他认为诗歌中确实需要声音之美，但四声八病之类都是人工制定的规则，有悖于自然的要求。声律说在当时影响极大，但也有一些人提出过异议，其中确有其自身过于琐碎的原因在内。不过从诗歌发展的角度来看，永明体诗人对于声律问题的探讨对后世律体诗的形成影响深远，钟嵘等人的意见不免显得保守。

第三,钟嵘强调以“风力”为主干,而以“丹采”为润饰，两者相互结合方能形成完美的风格。所谓“风力”指的是作品爽朗鲜明、生动感人的特征。《诗品》中有时还用到“骨气”“气”等术语，其内涵大体相近。如上品论曹植“骨气奇高”，刘桢“仗气爱奇”“贞骨凌霜，高风跨俗”，中品评刘琨“自有清拔之气”（《上品序》云：“刘越石仗清刚之气。”意思相同），陶渊明“又协左思风力”“风华清靡”，标举的都是风力之美。所谓“丹采”则指作品文辞的华美，这方面受到了汉魏以来诗歌语言日趋精致工巧的影响，也成为他衡量诗人的重要标准。如上品称古诗“文温以丽”，曹植“词采华茂”，陆机“举体华美”，中品评张华“巧用文字，务为妍冶”，谢惠连“工为绮丽歌谣”，下品中说宋孝武帝刘骏“雕文织采”等。某些诗人缺少华美的文辞，便会受到批评，比如曹操、陶渊明两位，就因为语言质朴省净而被置于中、下品之列。明清时期的批评家对此颇为不满，往往指摘钟嵘识见不高。其实这是南朝时期整体的审美倾向，钟嵘并未超脱于时代之外，不能就此予以苛责。

除了在诗学理论方面多有建树之外，从文学角度来考察，《诗品》一书在遣词造句方面也极具个人特色，堪称精致的美文。

钟嵘具有极为敏锐的艺术感受力，非常善于运用形象鲜明的比喻和诗意盎然的词句来描摹诗人的风格特征。这种印象式的鉴赏或许并不够精准，却能迅速引发读者的联想和共鸣。例如上品评谢灵运云：“然名章迥句，处处间起；丽曲新声，络绎奔发。譬犹青松之拔灌木，白玉之映尘沙，未足贬其高洁也。”再如中品评范云、丘迟两位云：“范诗清便宛转，如流风回雪。丘诗点缀映媚，似落花依草。”他并没有漫不经心地随意着笔，而是全身心地沉浸其中，反复涵泳，再三体悟，最后才将自己的审美体验锤炼凝结成清新隽永的评语。从某种程度上讲，这已经不限于对诗艺的评判，本身就已经是诗艺的创造。

六朝时期原本是骈俪文学最为兴盛的时期，受此影响，《诗品》中不少评语都以骈句写成。明人王世贞曾详细介绍过自己的阅读体验：“吾览钟记室《诗品》，折衷情文，裁量事代，可谓允矣，词亦奕奕发之。……吾独爱其评子建‘骨气奇高，词采华茂，情兼雅怨，体被文质’；嗣宗‘言在耳目之内，情寄八荒之表’；灵运‘名章迥句，处处间起；丽典新声，络绎奔会’；越石‘善为凄戾之词，自有清拔之气’；明远‘得景阳之诡谲，含茂先之靡嫚。骨节强于谢混，驱迈疾于颜延。总四家而并美，跨两代而孤出’；玄晖‘奇章秀句，往往警遒。足使叔源失步，明远变色’；文通‘诗体总杂，善于模拟。筋力于王微，成就于谢朓’。此数评者，赞许既实，措撰尤工。”（《艺苑卮言》卷三）摘取的诸多评语均为骈句，虽然行文联属整饬，却并不艰涩生硬，毫无纤巧板滞之感，显得典雅精炼，清丽工巧。

不过《诗品》的评语并非全是如此，有时也不拘一格，呈现出骈散结合、纯任自然的面貌。如中品评陶渊明云：“其源出于应璩，又协左思风力。文体省净，殆无长语。笃意真古，辞兴婉惬。每观其文，想其人德。世叹其质直。至如‘欢言酌春酒’‘日暮天无云’，风华清靡，岂直为田家语耶？

古今隐逸诗人之宗也。”前半部分句式虽然整齐，却并非严格的对句；中间穿插陶诗作为例证，文势逸宕；最后又用散句设为问答，更显得顿挫有致。明人胡应麟曾批评《诗品》“词则雅俚错陈”（《诗薮》内编卷二），他视为缺憾的其实恰恰是钟嵘行文疏荡、颇显奇气的表现。

《诗品》在评述诗人的过程中，有时会穿插一些轶事佳话，很多地方都堪与《世说新语》等六朝小说媲美。如“中品·宋法曹参军谢惠连”条记载：“康乐每对惠连，辄得佳语。后在永嘉西堂，思诗竟日不就。寤寐间忽见惠连，即成‘池塘生春草’。故常云：‘此语有神助，非吾语也。’”这则创作本事就事实而言虽不可信，却准确地点明“池塘生春草”这样的佳句本出天然，无假雕琢。又如“中品·梁光禄江淹”条记载了一则轶事：“初，淹罢宣城郡，遂宿冶亭，梦一美丈夫，自称郭璞，谓淹曰：‘吾有笔在卿处多年矣，可以见还。’淹探怀中，得五色笔以授之。尔后为诗，不复成语，故世传江淹才尽。”尽管并未能真正揭示江淹创作才能衰退的原因，但寥寥数笔，却让人读来兴味顿生。

三、《诗品》在汉字文化圈中的传播与影响

作为中国古代最重要的诗学著作之一，钟嵘《诗品》自隋唐以后传播渐广，产生了非常深远的影响。相关的文献资料数量颇多，此处无法一一缕述，只能略引端绪，窥其一斑。

首先是刊刻钞校的版本众多。据学者研究，目前可见

最早的《诗品》刊本为元代延祐七年（1320）圆沙书院刊宋人章如愚所编《山堂先生群书考索》本（另有宋人陈应行辑《吟窗杂录》本，成书时间可能更在《考索》本之前，但目前所见已是明嘉靖年间的覆刻本），之后在明、清两代出现了近五十种不同的版本。这些版本源流多变，形态各异，体式不一，文句互歧，尽管给梳理版本源流、确定全书体式、校勘各则文字等带来诸多困难，但也证明《诗品》在历代都受到极大的关注，传播、接受的范围极为广泛。

其次是蹈袭模仿的情况明显。唐宋以降出现的众多诗歌总集、诗论著作都无法挣脱《诗品》的影响，在措辞、体例、结构、方法等不同方面对其予以仿效。如唐人殷璠编《河岳英灵集》及《丹阳集》、高仲武编《中兴间气集》等，在评语的撰作方面就留有很多效法《诗品》的痕迹。明人顾起纶《国雅品》云："采音吴札，郤得无讥；藻品梁嵘，没者斯撰。例当窃比于是，名之曰《国雅品》。"表明该书"没者斯撰"的体例沿袭自《诗品》的"今所欲言，不录存者"。近人宋育仁所撰《三唐诗品》分三卷评述唐代诗人，各卷前均列一序，则在整体结构上远绍钟嵘。如此多样化的模拟承袭，反映出《诗品》在后世评论家心目中的地位尊崇。

最后是研究批评的内容丰富。由于钟嵘对于汉魏至齐梁时期的诗歌史以及众多诗人做了较为系统而细致的评价，使得后世评论家在考察这一时段的诗学发展时就势必无法回避对《诗品》的评价。其中固有称赏不已者，如近人刘师培称："钟氏《诗品》，集论诗之大成。"（《搜集文章志材料方法》）但也不乏肆意攻击者，如清人王士禛说："位置颠错，黑白淆讹，千秋定论，谓之何哉？"（《渔洋诗话》卷下）涉及具体诗人的评价和品第，如陶渊明、曹操等人，相关的争议就更为激烈。各种分歧的意见构成众声喧哗的态势，使得对于《诗品》的研究更趋深入细致。

古代东亚及东南亚地区曾在相当长的时间内共同使用汉字作为书面语，从而形成了所谓的"汉字文化圈"，这使得不少中国的文献典籍在流传过程中能够突破国家、地域和民族的界限。《诗品》对后世的影响也并不局限于中国本土，还曾波及日本、韩国等周边国家。

在日本文化史上声名显赫的高僧空海（774—835）于唐德宗贞元二十年（804）渡海前来，在遍求佛法的同时，还搜集了众多诗文评资料，最终编纂成《文镜秘府论》一书。在该书《天卷·四声论》部分收录了隋代刘善经的《四声指归》，其中就有对钟嵘的评价，还引录了不少《诗品》的原文。空海返回日本时携带了大量典籍，《诗品》或许就由此传入日本。在日本宽平三年（890）由藤原佐世奉敕编纂的《日本国见在书目》的"小学家类"和"杂家类"中，分别著录了"《诗品》三卷"和"注《诗品》三卷"，说明《诗品》已经在日本得到了广泛传播。在日本的诗话类著作中，就可以看到一些对钟嵘《诗品》的评价。江户时代的诗论家冢田虎（1745—1832）在《作诗质的》中曾指出："论作诗体裁者，非不多也。然后则南宋严沧浪《诗话》、元陈绎曾《诗谱》、明王敬美《艺圃撷馀》，前则梁钟嵘《诗品》，是其最精密者也，作者不可以不览也。”同时代的另一位诗论家古贺煜（1788—1847）在《侗庵非诗话》中曾对历代诗话著作痛加批驳，可唯独在该书卷二中对钟嵘《诗品》等著作评价颇高：“历代诗话，汗牛不啻。其铁中铮铮者，独《诗品》《沧浪》《怀麓堂》《谈艺录》而已。”显而易见，《诗品》在日本文学评论史上的影响是不容忽视的。

《诗品》传入韩国的具体时间虽无法考知，但在唐懿宗咸通九年（868）渡海入唐的新罗文人崔致远（857—？）的作品中，已经可以隐约发现《诗品》的身影。如《谢加太尉表》云：“于儒则笔惭五色，在武则剑敌一夫。”《壁州郑凝绩尚书》其二云：“蹑八花砖之影，缀五色笔之词。”“笔惭五色”“五色笔”等都源出于《诗品》“中品·梁光禄江淹”条所载江淹归还五色笔的故事。高丽时期的诗人李奎报（1168—1241）在《次韵吴东阁世文呈诰院诸学士三百韵诗》中有云：“久欲成勦体，唯忧被诊嗤。”句下有自注云：“钟记室《诗评》曰：‘文体勦静。’”明确指出自己诗语来源于钟嵘。朝鲜晚期的学者洪奭周（1774—1842）在《洪氏读书录·子部说家类》中曾评论道：“《诗品》三卷，钟嵘之所作也。诗之于文章，末也；评诗之于诗，又赘也。后世之文士，既以诗学为大务，而论诗之书自此始，亦不能不存其梗概云尔。”站在学者的立场，他认为诗歌的价值远低于文章，因而《诗品》只是聊备一格而已，并不值得过多称赏。虽然对评诗之作怀有偏见，但他还是肯定了《诗品》在同类著作中具有首创之功，并将此列为自己“所尝读而有得”（《自序》）的作品，推荐给读者。由此可见，《诗品》也得到了韩国历代不少文士的接受和传播。

四、本书的译注体例和参考文献

本书中的《诗品》原文以元延祐七年（1320）圆沙书院刊宋章如愚《山堂先生群书考索》本为底本，同时参酌后世诸本，择善而从。为避免烦琐，不再详列异文得失及取舍缘由。个别文字虽然怀疑有舛误，但因无版本依据，故不直接改动正文，仅在注释中予以说明。每一品前的序言因为篇幅较大，根据文义划分为几个段落。注释力求简明扼要，如非必要一般不再详细征引文献。白话翻译则以直译为主，尽量贴合原文，以便读者参考。

本书主要面对一般读者，但在注重普及的同时，也努力做到具有一定的学术价值。在这方面，业师杨明教授的《诗品译注》（与《文赋译注》合订一册，上海古籍出版社，1999 年）就是极佳的典范。本书在撰写过程中多有参考，获益匪浅。译注时还曾广泛借鉴、吸取学界已有的研究成果，专著方面主要有古直《钟记室诗品笺》（上海聚珍仿宋印书局，1928 年）、许文雨《钟嵘诗品讲疏》（与《人间词话讲疏》合订一册，成都古籍书店，1983 年影印本）、陈延杰《诗品注》（人民文学出版社，1961 年）、韩国车柱环《钟嵘诗品校证》（韩国汉城大学校文理科大学，1967 年）、杨祖聿《诗品校注》（台湾文史哲出版社，1981 年）、韩国李徽教《诗品汇注》（韩国岭南大学校出版部，1983 年）、萧华荣《诗品注释》（与周伟民《文赋注释》合订一册，中州古籍出版社，1985年）、王发国《诗品考索》（成都科技大学出版社，1993年）、吕德申《钟嵘诗品校释》（北京大学出版社，2000年）、王叔岷《钟嵘诗品笺证稿》（中华书局，2007年）、曹旭《诗品集注》（增订本，上海古籍出版社，2011年），还有不少专家学者撰写的论文，数量颇多，就不再一一罗列，谨在此一并致以诚挚的谢意。

笔者数年来承乏讲授过一门“钟嵘《诗品》研究”的课程，数次带领学生们奇文共赏、疑义相析，在此次译注过程中也融入了不少日常教学、研究的心得，“有同乎旧谈者，非雷同也，势自不可异也；有异乎前论者，非苟异也，理自不可同也”（《文心雕龙·序志》）。尽管付出不少精力，但自知谬误尚多，衷心企盼列位读者不吝赐教，匡我不逮。

杨　焄

2013年10月

诗品序

序曰：气之动物[①]，物之感人，故摇荡性情[②]，形诸舞咏[③]。欲以照烛三才[④]，晖丽万有[⑤]。灵祇待之以致飨[⑥]，幽微藉之以昭告[⑦]。动天地，感鬼神，莫近于诗[⑧]。

注释

①动：感动。

②摇荡：振动，感发。性情：禀性，情感。

③形：展现，呈现。

④照烛：照耀。三才：天、地、人。

⑤晖 huī 丽：辉映。万有：万物。

⑥灵祇 qí：天地。致飨 xiǎng：用酒食等祭祀天地鬼神。

⑦幽微：幽冥，指鬼神。藉 jiè：凭借。昭告：明白地告知。

⑧动天地，感鬼神，莫近于诗：《毛诗大序》："故正得失，动天地，感鬼神，莫近于诗。"钟嵘此处借用其语，但略去了偏重政教作用的"正得失"一项。近，超过。

译文

序言说：气感动了万物，万物感动了人类，由此感发起人的禀性情感，展现为舞蹈歌咏。想要以此来照耀天地与人类，辉映世间万物。祭祀天地有待于舞咏，祷告鬼神也要凭借舞咏。要感动天地、鬼神，没有什么能超过诗歌了。

昔《南风》之辞[①]，《卿云》之颂[②]，厥义敻矣[③]。夏歌曰："郁陶乎予心。"[④]楚谣曰："名余曰正则。"[⑤]虽诗体未全，然略是五言之滥觞也[⑥]。

注释

①《南风》之辞：传说中舜曾作五弦琴，歌唱《南风》之诗。歌辞见《孔子家语·辨乐》，后人多以为伪托。

②《卿云》之颂：传说中舜与群臣唱和，歌唱《卿云》之诗。歌辞见《尚书大传·虞夏传》，后人多以为伪托。卿云，又称庆云、景云，即祥云、瑞云，古人认为是祥瑞。

③厥：其。义：事情。敻 xiòng：久远。

④夏歌：传说中夏朝的歌曲。这里指《五子之歌》，辞见《伪古文尚书·夏书》，其中有"郁陶乎予心"的句子，意思是"忧思郁积在我心中"。按：钟嵘生活在齐梁时期，并不知道传世的《古文尚书》为伪书，故将《五子之歌》视为五言诗的起源之一。

⑤楚谣：楚辞。这里指屈原的《离骚》。其中有“名余曰正则兮”的句子，意思是“给我取名为正则”。按：《离骚》原文中本有“兮”字，但从汉代开始，人们就习惯将楚辞体作品中的“兮”字视为语助馀声，不计算在句中。齐梁时人也持此看法，如刘勰《文心雕龙·章句》云：“诗人以兮字入于句限。楚辞用之，字出于句外。寻兮字承句，乃语助馀声。”钟嵘此处亦视之为五言诗句。

⑥略：大致，大体。滥觞：起源，开端。

译文

过去的《南风》之歌、《卿云》之颂，都已经是很久以前出现的事情了。夏代的歌曲说“郁陶乎予心”，楚人的歌谣说“名余曰正则”，虽然还不是完整的诗篇，但大致是五言诗的源头了。

逮汉李陵①，始著五言之目矣②。古诗眇邈③，人世难详④。推其文体，固是炎汉之制⑤，非衰周之倡也⑥。自王、杨、枚、马之徒⑦，词赋竞爽⑧，而吟咏靡闻⑨。从李都尉迄班婕妤⑩，将百年间⑪，有妇人焉，一人而已⑫。诗人之风⑬，顿已缺丧⑭。东京二百载中⑮，惟有班固《咏史》⑯，质木无文致⑰。

注释

①逮：等到。李陵：西汉时人。参见本书“上品·汉都尉李陵”条。

②目：名目。

③古诗：西晋以后将两汉无主名的五言诗统称为“古诗”。参见本书“上品·古诗”条。眇邈miǎo miǎo：渺茫久远。

④人世：指“古诗”的作者和时代。详：清楚地知道。

⑤炎汉：汉代。古时习惯将王朝的兴替更迭附会金、木、水、火、土五德终始之说。关于汉代所据之德，两汉时人原有各种不同的说法，或以为属于水德，或以为属于土德，或以为属于火德。自东汉以后才正式确定以汉为火德（参见顾颉刚先生《秦汉的方士与儒生》第十五章《汉的改德》）。且因《尚书·洪范》中有“火曰炎上”的说法，故称汉代为“炎汉”。制：作品。

⑥衰周：周代衰微时期。倡：通“唱”，这里指诗歌。

⑦王、杨、枚、马：王褒、杨雄（即扬雄）、枚乘、司马相如，都是西汉时著名的辞赋家。按：如果依照四人生卒年月来排列先后，本该说“枚、马、王、杨”。钟嵘如此排列乃是依据四人姓氏的声调，以平声居仄声之前，取其声调和谐。古人并称时每每会出现这种情况。

⑧词赋：即辞赋。汉代以来惯称楚辞以及效仿楚辞的赋作为“词赋”，如班固《离骚序》：“然其文弘博丽雅，为词赋宗，后世莫不斟酌其英华，则象其从容。”刘勰《文心雕龙·辨骚》：“然其文辞丽雅，为词赋之宗。……故知楚辞者，体宪于三代，而风杂于战国，乃雅颂之博徒，而词赋之英杰。”竞爽：争胜比美。

⑨吟咏：指诗歌创作。靡：没有。按：钟嵘此处认为王褒等人只能作赋，而不能作诗。和他同时代的人对此存有两种态度：其一是持相同看法，如萧统所编《文选》就将古诗归为无名氏的作品；其二则持反对意见，如刘勰《文心雕龙·明诗》云：“古诗佳丽，或称枚叔。”徐陵编《玉台新咏》录有署名枚乘的《杂诗》九首。钟嵘显然并不认同刘、徐的意见。

⑩李都尉：即李陵，曾任骑都尉。讫：至。班婕妤jiéyú：西汉女诗人，曾任汉成帝时宫中婕妤。参见本书“上品·汉婕妤班姬”条。

⑪百年：从李陵生活的汉武帝时期（公元前140—前87）至班婕妤生活的汉成帝时期（公元前32—前7），前后相隔约为百年。

⑫有妇人焉，一人而已：《论语·泰伯》：“武王曰：‘予有乱臣十人。’孔子曰：‘才难，不其然乎？唐虞之际，于斯为盛，有妇人焉，九人

而已。’”何晏《论语集解》引孔安国云：“言尧舜交会之间，比于周，周最盛，多贤才。然尚有一妇人，其馀九人而已。人才难得，岂不然乎！”将“妇人”与“九人”分为两类，两者合为十人。钟嵘此处化用《论语》的这一句式，“妇人”指班婕妤，“一人”当指李陵。但其意并不是说西汉近百年间仅有班婕妤和李陵两人创作五言诗，而是说当时五言诗成就突出者只有这两位，以照应《论语》中孔子的“才难”之叹。

⑬诗人：指《诗经》的作者。风：风习，传统。

⑭顿：突然，一下子。缺丧：缺失。

⑮东京：即东汉。西汉定都长安，东汉定都洛阳，后者在前者之东。后人遂以“西京”称西汉，以“东京”称东汉。二百载：指从东汉光武帝建武元年（25）至献帝兴平二年（195），共一百七十一年，这里举其成数，故称“二百载”。

⑯惟有：只有。按：东汉五言诗人除班固之外还有不少，其中一些还被钟嵘品评过，如“中品”的秦嘉、徐淑，“下品”的郦炎、赵壹，郦、赵二人还与班固被置于一条之中合评，故此处说“惟有”颇令人费解。有学者认为“惟”为“虽（雖）”之形误，盖因班固名高当代，为人推服，故举其为代表（参见韩国学者李徽教《诗品汇注》），可备一说。不过，“惟”与“虽（雖）”在古籍中本就相

通（参见清人王引之《经传释词》卷八“雖唯惟”条），故无需视为形近之误。班固：东汉史学家、诗人，有《咏史》诗。参见本书“下品·汉令史班固”条。

⑰质木：质朴。文致：文采风致。

译文

到了汉代的李陵，才开始出现五言诗的名目。古诗渺茫久远，作者和时代都难以详细考察，但推究其体裁，一定是汉代的作品，而不是周朝末年的诗歌。从王褒、扬雄、枚乘、司马相如等人开始，以辞赋争胜比美，创作诗歌的事情却未曾听说。从李陵到班婕妤，将近百年内的诗人，除了有班婕妤这位妇人之外，只有李陵一人而已。《诗经》时代诗人吟咏的传统，一下子就丧失殆尽。东汉两百年间，尽管有班固的《咏史》，却显得质朴而缺乏文采风致。

降及建安①，曹公父子②，笃好斯文③；平原兄弟④，郁为文栋⑤；刘桢、王粲⑥，为其羽翼⑦；次有攀龙托凤⑧，自致于属车者⑨，盖将百计。彬彬之盛⑩，大备于时矣。

注释

①降jiàng及：下及。建安：东汉献帝刘协年号（196—219）。

②曹公父子：指曹操及其子曹丕、曹植、曹彪。四人都是汉魏时人。曹操参见本书“下品·魏武帝”条，曹丕参见本书“中品·魏文帝”条，曹植参见本书“上品·魏陈思王植”条，曹彪参见本书“下品·魏白马王彪”条。

③笃好：深好，深爱。斯文：文学。

④平原兄弟：曹丕、曹植、曹彪兄弟。曹植曾被封为平原侯，本书列入“上品”，故以其为代表。

⑤郁：盛。这里指文采富盛。文栋：文坛的栋梁。

⑥刘桢、王粲：都是东汉末的诗人，参见本书“上品·魏文学刘桢”和“魏侍中王粲”条。

⑦羽翼：翅膀，这里比喻辅佐的人。

⑧攀龙托凤：指攀附结交曹氏父子的人。

⑨自致于属车者：指依附追随曹氏父子的人。自致，自己达到。属车，帝王出行时的随从之车。

⑩彬彬：文质兼备，美盛的样子。

译文

往后到了建安时期，曹操父子，深爱文学；曹植兄弟，文采富盛，成为文坛的栋梁；刘桢、王粲，成为他们的辅佐；其次有一些攀附曹氏父子，自愿追随其后的人，数以百计。文质兼具的盛况，完备于当时啊。

尔后陵迟衰微[①]，迄于有晋[②]。太康中[③]，三张[④]、二陆[⑤]、两潘[⑥]、一左[⑦]，勃尔复兴[⑧]，踵武前王[⑨]，风流未沫[⑩]，亦文章之中兴也[⑪]。

注释

①尔后：此后。陵迟：逐渐衰落。衰微：衰落。

②迄：至。有晋：晋朝。有，语助词，用于名词前，并无实义。

③太康：晋武帝司马炎年号（280—289）。

④三张：西晋时文学家张载、张协、张亢兄弟三人。张载参见本书“下品·晋中书张载”条，张协参见本书“上品·晋黄门郎张协”条，张亢并未入品。按：有学者认为“三张”内当有张华而无张亢（参见清人张锡瑜《钟记室诗平》），可备一说。张华参见本书“中品·晋司空张华”条。

⑤二陆：西晋时文学家陆机、陆云兄弟二人。陆机参见本书“上品·晋平原相陆机”条，陆云参见本书“中品·晋清河太守陆云”条。

⑥两潘：西晋时文学家潘岳、潘尼叔侄二人。潘岳参见本书“上品·晋黄门郎潘岳”条，潘尼参见

本书“中品·晋中书令潘尼”条。

⑦一左：西晋时文学家左思。参见本书“上品·晋记室左思”条。

⑧勃尔：兴盛的样子。

⑨踵武前王：屈原《离骚》：“忽奔走以先后兮，及前王之踵武。”此处化用其语。踵武，踩着前人的足迹走，这里比喻效法或继承前人的事业。踵，脚跟。武，足迹。

⑩风流：指前代遗存的风雅文采。沫mèi：晦暗，消歇。

⑪文章：这里指诗歌。中兴：由衰退而复兴。

译文

此后逐渐衰落，一直到了晋代。太康年间，三张、二陆、两潘、一左这些诗人又生气勃勃地重新兴起，追随着前人的足迹，前代遗存的风雅文采，并没有消歇，也算是诗歌的复兴吧。

永嘉时[①]，贵黄老[②]，尚虚谈[③]。于时篇什[④]，理过其辞[⑤]，淡乎寡味[⑥]。爰及江表[⑦]，微波尚传[⑧]，孙绰、许询、桓、庾诸公诗[⑨]，皆平典似《道德论》[⑩]，建安风力尽矣[⑪]。

注释

①永嘉：晋怀帝司马炽年号（307—312）。

②黄老：黄帝与老子，这里指道家学说。

③虚谈：有关道家玄虚之理的谈论。

④篇什：诗篇。《诗经》中的《雅》和《颂》两部分以十篇为一什，故后世以“篇什”代指诗歌。

⑤理：这里泛指作品内容而言，并不特指玄理（参见杨明先生《诗品译注》）。

⑥淡乎寡味：平淡乏味。寡，少。《老子》第三十五章：“道之出口，淡乎其无味。”这里化用其语来评价玄言诗。

⑦爰：于是。江表：江南。表，外。从中原地区来看，江南地区在长江以外，故有此称。这里指东晋，因永嘉南渡之后定都建康（今江苏南京），地属江南。

⑧微波：馀波。

⑨孙绰、许询：都是东晋玄言诗人，参见本书“下品·晋廷尉孙绰　晋征士许询”条。桓、庾诸公：桓温、庾亮，也是当时的玄言诗人，但并未入品。

⑩平典：平淡典正。《道德论》：指魏晋玄学家谈论老庄玄理的文章。当时的玄学家如何晏、夏侯玄、阮籍等人都撰有《道德论》。道德，即《老子》，全书分《道经》和《德经》两部分，故又

称《道德经》。

⑪建安风力：指建安时期刚健有力的诗歌风貌。

译文

永嘉时期，崇尚黄老之学，喜好有关玄虚之理的谈论。当时的诗篇，玄理的内容超过了文辞，显得平淡乏味。到了东晋时期，馀波仍然留存。孙绰、许询、桓（温）、庾（亮）等人的诗作，都平淡典正得如同《道德论》，建安时期刚健有力的诗风消散殆尽。

先是郭景纯用隽上之才[①]，变创其体[②]；刘越石仗清刚之气[③]，赞成厥美[④]。然彼众我寡[⑤]，未能动俗[⑥]。

注释

①郭景纯：两晋之际的文学家郭璞。参见本书“中品·晋弘农太守郭璞”条。隽上：优异出众。

②变创：变革创造。体：指诗歌风格。

③刘越石：两晋之际的文学家刘琨。参见本书“中品·晋太尉刘琨”条。清刚：清峻刚健。

④赞成：佐助促成。赞，助。厥：其。按：郭璞、刘琨两人大体同时，而刘生年略早于郭，故钟嵘此处所谓“变创”和“赞成”并非着眼于时代先后，而是以两人成就高下为标准（参见杨明先生

《诗品译注》）。

⑤彼：指永嘉以来的玄言诗风。我：指郭璞、刘琨的诗歌风貌。

⑥动俗：改变风气。

译文

在此之前，郭璞凭借着优异出众的才能，变革创造了新的诗歌风格；刘琨仰仗着清峻刚健的气势，佐助促成了这种美好的诗风。但寡不敌众，不能够改变风气。

逮义熙中[1]，谢益寿斐然继作[2]。元嘉初[3]，有谢灵运[4]，才高词盛，富艳难踪[5]，固已含跨刘、郭[6]，凌轹潘、左[7]。

注释

①逮：等到。义熙：东晋安帝司马德宗年号（405—418）。

②谢益寿：东晋文学家谢混。参见本书“中品·晋仆射谢混”条。斐fěi然：有文采的样子。继作：继之而起。

③元嘉：宋文帝刘义隆年号（424—453）。

④谢灵运：刘宋文学家。参见本书“上品·宋临川太守谢灵运”条。

⑤富艳：指富丽华美的诗风。踪：追及。

⑥含跨：超越。刘、郭：刘琨、郭璞。

⑦凌轹lì：压倒。潘、左：潘岳、左思。

译文

到了义熙年间，谢混文采斐然，继之而起。元嘉初年，有谢灵运，才华卓越，词采盛多，富丽华美，难以追及，的确已经超越了刘（琨）、郭（璞），压倒了潘（岳）、左（思）。

故知陈思为建安之杰[①]，公幹、仲宣为辅[②]；陆机为太康之英，安仁、景阳为辅[③]；谢客为元嘉之雄[④]，颜延年为辅[⑤]：斯皆五言之冠冕[⑥]，文词之命世也[⑦]。

注释

①陈思：曹植。曹植封陈王，卒谥思。

②公幹：刘桢，字公幹。仲宣：王粲，字仲宣。

③安仁：潘岳，字安仁。景阳：张协，字景阳。

④谢客：谢灵运，小字客儿。

⑤颜延年：南朝宋文学家。参见本书“中品·宋光禄大夫颜延之”条。

⑥冠冕：比喻首位、第一。冠，帽子。冕，帝王、

权贵所戴的礼帽。

⑦命世：著称于当世。命，得名。

译文

因而知道曹植是建安时的俊杰，刘桢、王粲为其辅佐；陆机是太康时的英才，潘岳、张协为其辅佐；谢灵运是元嘉时的雄豪，颜延年为其辅佐：他们都是五言诗人的杰出代表，文辞著称于当世。

夫四言文约意广①，取效《风》《骚》②，便可多得。每苦文繁而意少③，故世罕习焉④。五言居文词之要⑤，是众作之有滋味者也，故云会于流俗⑥。岂不以指事造形⑦，穷情写物⑧，最为详切者邪⑨？

注释

①文约意广：文辞简约，意思深广。

②取效：取资效仿。《风》《骚》：《国风》和《离骚》，代指《诗经》和《楚辞》。按：《诗经》中的作品多以四言为主，所以这里"《风》《骚》"可以理解为偏重于指《诗经》，《楚辞》只是连带而及。不过《楚辞》中的《天问》《橘颂》《招魂》《大招》等作品也是四言之作或主要由四言构成，因此也不妨视为兼指《诗

经》与《楚辞》（参见邬国平先生《钟嵘〈诗品〉注释辨证》）。

③每：每每，时常。文繁而意少：文词繁复，意思寡少。这是指后世创作的四言诗而言。

④罕习：很少写作。

⑤文词：这里指各体文章。

⑥会：迎合，符合。流俗：世俗。

⑦指事：直陈其事。造形：陈说情形。形在此处指情形，并不特指形象、形状（参见杨明先生《诗品译注》）。《老子》第一章："道可道，非常道；名可名，非常名。"王弼注："可道之道，可名之名，指事造形，非其常也。"钟嵘此处借用其语。

⑧穷情：穷尽情状。情在此处指情实、情状，并不特指情感。写物：描写物象。

⑨详切：详尽贴切。

译文

四言诗文辞简约而意思深广，取资效法《诗经》和《楚辞》，就可以写出很多作品。但时常苦于文辞繁复而意思寡少，因此世人很少写作四言诗。五言诗居于各体文章中的重要地位，是众多作品中富有滋味的，因此说它符合世俗的需求。难道不是因为它在直陈其事、陈说情形、穷尽情状、描写物象等方面，最为详尽贴切吗？

故诗有六义焉[1]，一曰兴，二曰比，三曰赋。文已尽而意有馀，兴也[2]；因物喻志[3]，比也[4]；直书其事，寓言写物[5]，赋也[6]。弘斯三义[7]，酌而用之，干之以风力[8]，润之以丹彩[9]，使咏之者无极[10]，闻之者动心，是诗之至也。若专用比兴，患在意深，意深则词踬[11]；若但用赋体，患在意浮，意浮则文散[12]，嬉成流移[13]，文无止泊[14]，有芜漫之累矣[15]。

注释

①诗：这里指《诗经》。六义：六种义例，六种事项。语本《毛诗大序》："故诗有六义焉：一曰风；二曰赋；三曰比；四曰兴；五曰雅；六曰颂。"按：这里先言"六义"，乃是沿用前代的固有术语，故后面虽然仅举兴、比、赋三者，但前后并非自相矛盾。有学者认为此处先言六义而后文仅述三义，即清人俞樾《古书疑义举例》中的"以大名代小名例"（参见韩国学者车柱环先生《钟嵘诗品校证》），似并不确切。有的版本为求前后对应而改"六义"为"三义"，更不可信从。

②兴：寄托深意于具体事物之中而不直接说出，意在言外。

③因：凭借。喻：表明。志：意。

④比：比喻。

⑤寓言：虚拟人事，假托他人来叙写、议论（参见郜国平先生《钟嵘〈诗品〉注释辩证》）。

⑥赋：铺陈叙写。

⑦弘：扩大，推衍。三义：指兴、比、赋三种手法。

⑧干之以风力：以风力为主干。

⑨润之以丹彩：以色彩为润饰。

⑩无极：没有穷尽。

⑪意深：意思深奥，不容易明白。词踬：文辞艰涩，不畅达。踬，跌倒。

⑫意浮：意思浮泛。文散：文辞松散。

⑬嬉：嬉戏，轻率随便。流移：指文辞漂浮。

⑭止泊：停息。

⑮芜漫：芜杂散漫。累：弊端。

译文

《诗经》有六种义例，其一叫作兴；其二叫作比；其三叫作赋。文辞已尽而意思有馀，就是兴；借助事物来表明心中所想，就是比；直接书写事物，或虚拟人事来叙写，就是赋。推衍这三种手法，参酌使用，以风力为主干，以色彩为润饰，会使得吟咏的人流连不已，听闻的人怦然心动，这便是诗歌的极致啊。如果只使用比和兴的手法，弊病在于意思深奥，意思深奥则文辞艰涩；如果只使用赋的手法，弊病在于意思浮泛，意思浮泛则文辞松散，显得轻率随便，致使文辞漂浮，无法停息，有芜杂散漫的弊端。

若乃春风春鸟，秋月秋蝉，夏云暑雨，冬月祁寒[①]，斯四候之感诸诗者也。嘉会寄诗以亲[②]，离群托诗以怨。至于楚臣去境[③]，汉妾辞宫[④]；或骨横朔野[⑤]，或魂逐飞蓬[⑥]；或负戈外戍[⑦]，杀气雄边[⑧]；塞客衣单[⑨]，孀闺泪尽[⑩]；又士有解佩出朝[⑪]，一去忘返；女有扬蛾入宠[⑫]，再盼倾国[⑬]：凡斯种种，感荡心灵，非陈诗何以展其义[⑭]，非长歌何以释其情[⑮]？故曰："《诗》可以群，可以怨。"[⑯]使穷贱易安[⑰]，幽居靡闷[⑱]，莫尚于诗矣。故词人作者，罔不爱好[⑲]。

注释

①祁qí寒：严寒。祁，大。

②嘉会：美好的聚会。寄：托。

③楚臣：指战国时楚国诗人屈原。去境：离境。去，离开。

④汉妾：指汉元帝时出塞和亲的王嫱（昭君）。一说，当指班婕妤。

⑤骨横：指战死。朔野：北方的郊野，这里指战场。

⑥飞蓬：飞散的蓬草。

⑦外戍：戍边，守卫边疆。

⑧雄边：称雄于边塞。

⑨塞客：守边的士卒。

⑩孀闺：指与丈夫久别而独居的妇女，并非指死去丈夫的寡妇。按："孀闺"与"塞客"相对应，指因为战争而分居两地的夫妻。

⑪解佩：解下系有官印的绶带，指辞官或被免职。

⑫扬蛾：女性扬起眉毛。蛾，女性画眉细长弯曲，如同蚕蛾触须，故称蛾眉。

⑬再盼倾国：西汉李延年《李夫人歌》："北方有佳人，绝世而独立。一顾倾人城，再顾倾人国。宁不知倾城与倾国，佳人难再得。"这里借用其语。盼，顾盼。按：上文"楚臣""汉妾""再盼倾国"等也可以理解为泛指，并不一定专指屈原、王嫱（或班婕妤）和李夫人。

⑭陈诗：赋诗。展：表现。

⑮长歌：放声高歌。释：释放，宣泄。

⑯《诗》可以群，可以怨：语本《论语·阳货》："子曰：'小子何莫学夫《诗》？《诗》可以兴，可以观，可以群，可以怨。'"这里节用其语，指《诗》可以协调人际关系，可以抒发内心怨愤。

⑰易安：易于安定。

⑱幽居：离群独居。靡mǐ闷：没有烦闷。

⑲罔wǎng：没有。

译文

至于春天的风和鸟，秋天的月和蝉，夏天的云雨，冬天的严寒，这是四季节候感应在诗歌中的景象。美好聚会通过诗歌来表现亲密，离群独居通过诗歌来抒发哀怨。至于楚国的逐臣离开国家，汉朝的姬妾告别宫闱；或是尸骨横弃在北方的郊野，或是魂魄追随着飞散的蓬草；或是背负着长戈守卫边疆，杀伐之气称雄于边塞；守边的士卒衣着单薄，闺中的孀妇眼泪流尽；又有士人解下印绶，离开朝廷，一去之后就忘记归来；女子高扬眉毛，入宫受宠，顾盼之间让帝王抛却了国家：凡此种种情况，感动激荡着心灵，不赋诗怎么能表现其事？不高歌怎么能释放其情？因此说："《诗》可以协调人际关系，可以抒发内心怨愤。"让人们在困窘卑贱时易于安定，在离群独居时没有烦闷，没有比诗歌更好的了。所以文人作家们，没有不喜好的。

今之士俗[①]，斯风炽矣[②]。才能胜衣[③]，甫就小学[④]，必甘心而驰骛焉[⑤]。于是庸音杂体[⑥]，各各为容[⑦]。至使膏腴子弟[⑧]，耻文不逮，终朝点缀[⑨]，分夜呻吟[⑩]。独观谓为警策[⑪]，众睹终沦平钝[⑫]。

注释

①士俗：士人和俗世。

②炽chì：兴盛。

③胜衣：身体能够承受起衣服。

④甫：才，刚刚。小学：《汉书·食货志》："八岁入小学，学六甲、五方、书、计之事，始知室家长幼之节。"这里指年幼时刚入学之际。

⑤甘心：热衷。驰骛wù：奔竞趋赴。

⑥庸音：平庸的作品。杂体：杂乱的风貌。一说，指当时盛行的离合、回文、建除等杂体诗。

⑦各各：各自。容：样子。

⑧膏腴子弟：贵族子弟。膏腴，肥美的食物。

⑨终朝：整个早晨。点缀：写作诗文。点，古人经常在写错的字上或字旁加点，表示删去。缀，连缀文字。

⑩分夜：半夜。呻吟：吟咏诵读。

⑪独观：自己观览。警策：用鞭子击打马匹。语本陆机《文赋》："立片言而居要，乃一篇之警策。"这里比喻文句精彩，超出旁人。

⑫平钝：平庸。

译文

现在的士人和俗世之中，这种作诗的风气相当兴盛。

才能穿上衣服，刚入小学读书，就必定热衷于此，奔竞趋赴。于是平庸的作品、杂乱的风貌，各有各的样子。以至于使得贵族子弟以作诗不及别人为耻，整个早晨都在涂抹书写，到了半夜依然吟咏诵读。自己观览还以为精彩绝伦，众人一看则终究沦为平庸。

次有轻薄之徒[①]，笑曹、刘为古拙[②]，谓鲍照羲皇上人[③]，谢朓今古独步[④]。而师鲍照[⑤]，终不及“日中市朝满”[⑥]；学谢朓，劣得“黄鸟度青枝”[⑦]。徒自弃于高听[⑧]，无涉于文流矣[⑨]。

注释

①轻薄：轻佻浮薄。

②曹、刘：曹植、刘桢。古拙：古朴质拙。

③鲍照：南朝宋文学家。参见本书“中品·宋参军鲍照”条。羲皇上人：上古帝王伏羲氏以前的人物。这里用来比喻地位崇高。

④谢朓：南朝齐文学家。参见本书“中品·宋吏部谢朓”条。独步：独一无二，超群出众。

⑤师：师法，效仿。

⑥日中市朝满：出自鲍照《代结客少年场行》：“日中市朝满，车马若川流。”

⑦劣：仅，只。黄鸟度青枝：出自南朝齐诗人虞炎

《玉阶怨》："紫藤拂花树，黄鸟度青枝。"虞炎（生卒年不详），南齐永明年间与沈约等俱为文惠太子礼遇，与谢朓有诗歌赠答。曾任散骑常侍，官至骁骑将军。

⑧徒：徒然。自弃：自绝。高听：识见高超的鉴赏家。"高听"一词在六朝习见，如晋伏义《与阮步兵书》："想亦不隐才颖于肝膈，而不扬之于清观；任贤智于骨气，而不播之于高听。"梁张充《与王俭书》："持此片言，轻枉高听。"梁慧皎《答王曼颖书》："笔路苍莽，辞语陋拙，本以自备疏遗，岂宜滥入高听。"（参见邬国平先生《钟嵘〈诗品〉注释辨证》、曹旭先生《诗品集注》）

⑨文流：文士之列。

译文

其次还有一些轻佻浮薄的人，嗤笑曹植、刘桢的作品古朴质拙，认为鲍照是伏羲氏以前的人物，谢朓从古至今独一无二。但他们师法鲍照，终究比不上"日中市朝满"之作；学习谢朓，仅能得到"黄鸟度青枝"之句。徒然地自绝于识见高超的鉴赏家，不能进入文士的行列。

嵘观王公缙绅之士①，每博论之馀②，何尝不以诗为口实[③]。随其嗜欲[④]，商搉不同[⑤]，淄渑并泛[⑥]，朱紫相夺[⑦]，喧议竞起[⑧]，准的无依[⑨]。近彭城刘士章[⑩]，俊赏之士[⑪]，疾其淆乱[⑫]，欲为当世诗品，口陈标榜[⑬]，其文未遂[⑭]。嵘感而作焉。

注释

①王公：达官贵族。缙绅：官员。缙，插。绅，腰带。古代官吏插笏板于腰带，后借指官宦之人。

②博论：高谈阔论。

③口实：谈论的话题。

④嗜欲：嗜好，想法。

⑤商搉：商讨。

⑥淄渑zī shéng并泛：相传淄水和渑水味道不同，混在一起后就难以辨别。淄、渑，二水名，都在今山东境内。并泛，并流，合流。

⑦朱紫相夺：朱色和紫色放在一起，由于紫色美丽炫目，容易夺走朱色的正统地位。语本《论语·阳货》："恶紫之夺朱也。"何晏《论语集解》引孔安国曰："朱，正色；紫，间色之好者。恶其邪好而夺正色。"

⑧喧议：喧哗议论。竞起：竞相而起。

⑨准的：标准。

⑩彭城：今江苏徐州。刘士章：南朝齐文学家刘绘。参见本书"下品·齐中庶子刘绘"条。

⑪俊赏：鉴赏能力卓绝。

⑫疾：不满。淆xiáo乱：混乱。

⑬口陈：口头陈说。标榜：品评。

⑭未遂：没有完成。

译文

我看到那些达官贵族、仕宦之人，每每在高谈阔论之馀，何尝不把诗歌作为谈论的话题。他们随着自己的嗜好想法，商讨的意见并不相同。就好像淄、渑两条河水并流，朱、紫两种颜色相乱。喧哗议论竞相而起，没有标准可以依据。近来的彭城人刘士章，是鉴赏能力卓绝的人，不满于议论混乱的状况，想要撰写当代诗歌的品评，口头已经陈说过品评的内容，但书并没有写成。我有感于此而写作本书。

昔九品论人[①]，《七略》裁士[②]，校以宾实[③]，诚多未值[④]。至若诗之为技，较尔可知[⑤]。以类推之，殆均博弈[⑥]。

注释

①九品论人：班固《汉书·古今人表》将上古以来迄于秦末的各类人物分为上、中、下三等，每等之中又再分为上、中、下三级，即上上（圣人）、上中

（仁人）、上下（智人）、中上、中中、中下、下上、下中、下下（愚人），共为九品。魏晋以后又立九品中正制来选拔人才。

②《七略》：西汉成帝时，命刘向等人校理群书。每完成一书，即由刘向撰写叙录。各书叙录后被另行录出，纂为一书，称为《别录》。刘向去世后，其子刘歆继承父业，总括群书，编为《七略》，包括《辑略》《六艺略》《诸子略》《诗赋略》《兵书略》《术数略》和《方技略》。全书已散佚，班固曾改编其内容为《汉书·艺文志》，可以见其梗概。清人严可均、洪颐煊、章宗源、姚振宗等均有《七略》佚文辑本。裁士：《七略》本非品评人物的专著，但其中也有人物评论的内容。如《六艺略》“冯商所续《太史公》十一篇”条云：“商，阳陵人。治《易》，事五鹿充宗，后事刘向，能属文。”《诗赋略》“河内太守徐明赋三篇”条云：“字长君，东海人。元、成世历五郡太守，有能名。”

③校jiào：校核，核查。宾实：名实。语本《庄子·逍遥游》：“名者，实之宾也。”

④诚：确实。未值：不相符合。

⑤较尔：明显。

⑥殆：大致，大约。均：等同。博弈：古代盛行的两种棋类游戏。博指六博，需掷采之后行棋；弈

即围棋。按：六朝人喜好博弈，并有《棋品》《围棋品》等著作。文学评论家也时常受到影响，借以论文，如刘勰《文心雕龙·总术》："执术驭篇，似善弈之穷数；弃术任心，如博塞之邀遇。……若夫善弈之文，则术有恒数。"

译文

前人依据九品来评论人物，撰著《七略》来裁断人才，校核其名称和实际的关系，确实有很多不相符合的地方。至于诗歌作为一种技艺，其高下优劣是明显的。依照类别来推求，大约等同于六博、弈棋。

方今皇帝①，资生知之上才②，体沉郁之幽思③，文丽日月④，学究天人⑤。昔在贵游⑥，已为称首⑦。况八纮既奄⑧，风靡云蒸⑨，抱玉者联肩，握珠者踵武⑩。固已瞰汉、魏而不顾⑪，吞晋、宋于胸中⑫。谅非农歌辕议⑬，敢致流别⑭。嵘之今录，庶周旋于闾里⑮，均之于谈笑耳⑯。

注释

①方今皇帝：指梁武帝萧衍（464—549），字叔达，小字练儿。南兰陵（今江苏常州）人。在南齐时曾为竟陵王萧子良门下文士"竟陵八友"之

一，后建立梁朝，在位长达四十八年。

②资：禀有，具有。生知：生而知之。语本《论语·季氏》："生而知之者，上也；学而知之者，次也；困而学之，又其次也。"班固《汉书·古今人表》曾引此作为九品论人的依据，钟嵘或由上文"九品论人"而联想及此。

③体：赋有，具备。沉郁：深沉厚实。幽思：幽深的思虑。

④丽：附丽，附着。

⑤学究天人：学问穷究天道与人事。语本司马迁《报任少卿书》："亦欲以究天人之际，通古今之变，成一家之言。"

⑥贵游：王公贵族。此处指萧衍在南齐与诸多权贵交往之时。

⑦称首：被推举为第一。

⑧八纮hóng：八方极远的地方。这里泛指天下。奄yǎn：覆盖，占有。

⑨风靡：随风倒伏。这里用来比喻众人倾慕、归顺。云蒸：云气蒸腾。这里用来比喻人才盛多。

⑩抱玉者联肩，握珠者踵武：曹植《与杨德祖书》："人人自谓握灵蛇之珠，家家自谓抱荆山之玉。"钟嵘此处化用其语，比喻才士众多。联肩，并肩。踵武，踩着前人的足迹走。

⑪瞰kàn：俯视。不顾：不屑一顾。

⑫吞：吞并，包容。

⑬谅：确实。农歌辕议：农人的歌唱、车夫的议论。这里是钟嵘自谦之词。辕，车驾上的曲木，此处借指车夫。

⑭致：施加。流别：区分辨别。

⑮庶shù：庶几，表示希望。周旋：流传。闾lǘ里：里巷，平民聚居之处。

⑯均：等同于。

译文

当今的皇上，禀有生而知之的高才，具备深沉厚实的思虑，文章附丽于太阳和月亮，学问穷究天道与人事。在过去与那些权贵交游的时候，就已经被推举为第一。更何况八方极远之地已经统一，众人归顺好似随风倒伏，人才盛多如同云气蒸腾，怀抱美玉之人肩膀并着肩膀，手握灵珠之人前脚跟着后脚。当然已经俯视汉魏而不屑一顾，吞并晋宋于胸怀之中。确实不是像农人、车夫一样的我，所敢施加区分辨别的。我现在所收录的内容，只希望在里巷之中流传，等同于谈说取乐罢了。

诗品上

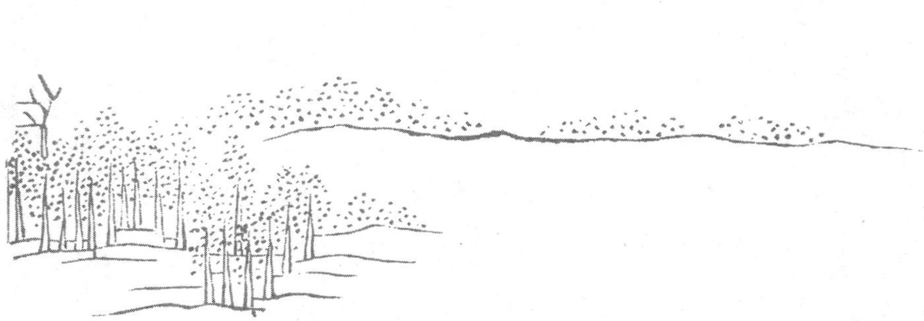

古　诗[①]

其体源出于《国风》[②]。陆机所拟十四首[③]，文温以丽[④]，意悲而远[⑤]，惊心动魄，可谓几乎一字千金[⑥]！其外“去者日以疏”四十五首[⑦]，虽多哀怨，颇为总杂[⑧]。旧疑是建安中曹、王所制[⑨]。“客从远方来”[⑩]、“橘柚垂华实”[⑪]，亦为惊绝矣[⑫]！人代冥灭[⑬]，而清音独远，悲夫！

注释

①古诗：这里指两汉时期无主名的五言诗。关于其时代、作者、篇目等，在六朝时期一直存在不同的说法。比如萧统所编《文选》选录古诗十九首，其中七首在徐陵所编《玉台新咏》中就被归入枚乘名下。

②体：体貌，即诗歌风格。《国风》：《诗经》中《周南》《召南》《邶风》《鄘风》《卫风》《王风》《郑风》《齐风》《魏风》《唐风》《秦风》《陈风》《郐风》《曹风》《豳风》等十五部分的总称，是周代各地方乐歌的总汇。

③十四首：陆机集及萧统编《文选》所录陆机《拟古》之作仅十二首，故有的版本据此将“十四首”改作“十二首”。但现存陆集已非原貌，而

《文选》对于组诗多经筛选，并不全收，以此为据，恐不足取。除了这十二首之外，唐欧阳询编《艺文类聚》录陆机《驾言出北阙门行》，题下注有“驱车上东门”，应该也属于“十四首”之列。另有学者认为陆机《遨游出西城》也属于拟古之作（参见许文雨《钟嵘诗品讲疏》），可备一说。

④温：温润，温厚。以：而。

⑤远：超脱，旷达。

⑥一字千金：《史记·吕不韦列传》载：秦相吕不韦令门客撰《吕氏春秋》，书成之后公布于咸阳城门，“延诸侯游士宾客，有能增损一字者，予千金”。这里形容作品价值很高。

⑦其外：指陆机所拟十四首以外的古诗。去者日以疏：收入萧统编《文选》，为《古诗十九首》之一。四十五首：古诗大多亡佚，钟嵘所言已难指实。

⑧总杂：驳杂。

⑨曹、王：指曹植、王粲。

⑩客从远方来：收入萧统编《文选》，为《古诗十九首》之一。

⑪橘柚垂华实：收入张之象编《古诗类苑》。

⑫惊绝：令人惊异之极（参见王发国先生《诗品考索》）。

⑬人代：指作者和时代。冥灭：泯灭，湮没。

译文

其诗歌风格源出于《国风》。陆机所模拟过的那十四首古诗，文辞温润而美丽，意旨悲伤而超脱，令人心魂激动，可以说几乎是一字千金了！除此之外，“去者日以疏”等四十五首，虽然有很多哀怨之词，但风格颇为驳杂，以前曾有人怀疑是建安时期曹植、王粲的作品。“客从远方来”“橘柚垂华实”两首，也让人惊异之极。作者和时代都已经湮没无闻，而只有清越的音调流传久远，可悲啊！

汉都尉李陵诗[①]

其源出于《楚辞》。文多凄怆[②]，怨者之流。陵，名家子[③]，有殊才[④]，生命不谐[⑤]，声颓身丧[⑥]。使陵不遭辛苦[⑦]，其文亦何能至此！

注释

①李陵（？—前74）：字少卿，陇西成纪（今甘肃通渭东北）人。西汉名将李广之孙。武帝时任骑都尉，率军击匈奴，矢尽粮绝，被俘投降，滞留二十馀年，病卒。题名李陵所作的五言诗在六朝流传甚广，但也有人提出怀疑，如颜延之《庭诰》云："逮李陵众作，总杂不类，元是假托，非尽陵制。"

②凄怆chuàng：凄惨悲怆。

③名家子：名门之子。李陵先人李信，是秦代大将；祖父李广、叔父李敢，都是西汉名将。

④殊才：卓越的才能。

⑤生命：命运。不谐：不顺利。

⑥声颓：名声败坏。据《史记·李陵传》载，李陵兵败投降，"自是之后，李氏名败，而陇西之士居门下者，皆用为耻焉"。按：司马迁《报任安书》："李陵既生降，颓其家声。"钟嵘此处化

用其语。

⑦使：假如。辛苦：苦难，困厄。

译文

他的诗歌源出于《楚辞》。作品大多凄惨悲怆，属于心怀哀怨的那类人。李陵是名门之子，有卓越的才能，命运却不顺利，名声败坏，人也丧了命。假如李陵没有遭遇苦难，他的诗歌又怎么能达到这样的成就？

汉婕妤班姬诗[①]

其源出于李陵。“团扇”短章[②]，辞旨清捷[③]，怨深文绮，得匹妇之致[④]。侏儒一节[⑤]，可以知其工矣[⑥]！

注释

①婕妤班姬：班婕妤（前47—前6？），名不详。楼烦（今山西宁武）人。西汉成帝时以才学被选入宫，颇受宠信，为婕妤。后遭赵飞燕姊妹之谮，自请至长信宫侍奉太后。

②“团扇”短章：即《怨歌行》，又名《怨诗》，内容为题咏团扇，其中有“裁为合欢扇，团团似明月”之句。相传为班婕妤所作，六朝时流传颇广，但也有人提出疑问，如刘勰《文心雕龙·明诗》云：“所以李陵、班婕妤见疑于后代也。”

③辞旨：言辞意旨。清捷：清新明快。

④匹妇：一位妇女。致：情致，情态。

⑤侏儒一节：桓谭《新论》：“谚曰：‘侏儒见一节，而长短可知。’”比喻通过局部可以推知全局。钟嵘此处化用其语。侏儒，身材特别矮小的人。

⑥工：工巧，精巧。

译文

她的诗歌源出于李陵。“团扇”这样简短的诗篇，言辞意旨显得清新明快，哀怨深切而文辞美丽，能够体现出一位妇女的情致。通过这一首诗，就可以知道她诗艺的工巧了。

魏陈思王植诗[1]

其源出于《国风》。骨气奇高[2]，词采华茂[3]，情兼雅怨[4]，体被文质[5]，粲溢今古[6]，卓尔不群[7]。嗟乎！陈思之于文章也，譬人伦之有周孔[8]，鳞羽之有龙凤[9]，音乐之有琴笙[10]，女工之有黼黻[11]。俾尔怀铅吮墨者[12]，抱篇章而景慕[13]，映馀晖以自烛[14]。故孔氏之门如用诗，则公幹升堂，思王入室，景阳、潘、陆，自可坐于廊庑之间矣[15]。

注释

①陈思王植：曹植（192—232），字子建，沛国谯（今安徽亳州）人。曹操与卞夫人所生第三子。少时得曹操宠爱，欲立为太子，后屡因任性犯禁而失宠。待其兄曹丕、其侄曹叡相继登基，备受猜忌排挤，郁郁而终。曾封陈王，卒谥思，世称陈思王。

②骨气：指作品挺拔端直而富有生气。奇高：奇绝高妙。

③华茂：华美富盛。

④雅怨：指《诗经》中《小雅》部分怨而不怒的风格特征。西汉刘安《离骚传》："《国风》好色而不淫，《小雅》怨诽而不乱，若《离骚》者，可谓兼

之。”这里化用其语。雅，指《小雅》。一说雅怨指《国风》之雅和《小雅》之怨，亦可通。

⑤被：覆盖。文质：文华与质朴。《论语·雍也》：“质胜文则野，文胜质则史，文质彬彬，然后君子。”体被文质意近于文质彬彬。

⑥粲càn：鲜明。溢yì：充满而流出。

⑦卓尔不群：高明杰出，超出常人。

⑧譬pì：如同。人伦：人类。周孔：周公、孔子。都是儒家尊奉的圣贤。

⑨鳞羽：泛指各种鸟兽。鳞，鳞甲类动物，羽毛羽类动物。

⑩琴笙：泛指各种乐器，琴为弦乐，笙为管乐。

⑪女工：女性制作的各类纺织、刺绣、缝纫制品。黼黻fǔfú：古代礼服上所绣的各种花纹图案。黼，黑白相间的花纹。黻，青黑相间的花纹。

⑫俾：使得。怀铅吮shǔn墨：泛指操笔写作的文士。铅，用铅粉制成的笔。吮墨，吮吸毛笔尖。古人制墨多添入胶质物质，在书写时容易黏结，故有时需要用嘴吮吸，以使笔尖锋颖。

⑬景慕：景仰羡慕。

⑭烛：照耀。

⑮故孔氏之门如用诗，则公幹升堂，思王入室，景阳、潘、陆，自可坐于廊庑之间矣：《论语·先进》：“子曰：‘由也升堂矣，未入于室也。’”扬雄

《法言·吾子》："如孔氏之门用赋也，则贾谊升堂，相如入室矣。"钟嵘此处即模仿其句式。这在当时的著作中屡见不鲜，如梁代庾肩吾《书品》评价张芝、钟繇、王羲之三人书法时说："若孔门以书，三子入室矣。"公幹，刘桢。景阳，张协。潘，潘岳。陆，陆机。廊庑wǔ，堂前的廊屋。

译文

他的诗歌源出于《国风》。体格风貌奇绝高妙，语言辞采华丽富盛。情感兼具《小雅》的怨诽，风格显得文质彬彬。光彩四溢，照耀今古，卓然杰出，超越常流。哎呀！陈思王之于文学创作，就如同人类之中有周公、孔子，鸟兽之中有龙凤，音乐之中有琴笙，女红之中有黼黻。使得你们这些操笔写作的文士，怀抱着他的作品而景仰羡慕，辉映着他的馀光而照耀自身。因此，如果孔子门下用诗的话，那么刘桢可以登上厅堂，陈思王（曹植）可以进入内室，张协、潘（岳）、陆（机）自然可以坐在堂前的廊屋之间了。

魏文学刘桢诗[1]

其源出于古诗。仗气爱奇，动多振绝[2]。贞骨凌霜[3]，高风跨俗。但气过其文[4]，雕润恨少[5]。然自陈思已下[6]，桢称独步[7]。

注释

①刘桢（？—217）：字公幹，东平宁阳（今山东宁阳）人。建安七子之一。曾任曹操丞相掾属、平原侯曹植庶子、五官中郎将曹丕文学。按：刘桢卒年在东汉建安二十二年（217），魏文帝曹丕篡汉则在建安二十五年（220），但魏晋以后多称刘氏为魏人，如陈寿《三国志》即将其传记列入《魏志》。

②动：动辄。振绝：即震绝，意近于“惊绝”，使人惊异之极（参见王发国先生《诗品考索》）。

③贞骨：正骨。指诗歌风格的端直挺拔。

④气：气力。指作品活跃生动，富有力度。

⑤雕润：雕饰润色。恨：遗憾。

⑥陈思：曹植。已下：以下。

⑦独步：独一无二。

译文

他的诗歌源出于古诗。凭借着气力而爱好奇崛的风格，动辄就让人惊异不已。诗风端直挺拔，凌驾于霜雪之上，高迈的风貌跨越了凡俗。只是气力胜过了文采，雕饰润色略少而令人感到遗憾。但自陈思王（曹植）以下，刘桢可以称得上是独一无二的了。

魏侍中王粲诗[①]

其源出于李陵。发愀怆之词[②]，文秀而质羸[③]。在曹、刘间别构一体[④]。方陈思不足[⑤]，比魏文有馀[⑥]。

注释

①王粲（177—217）：字仲宣，山阳高平（今山东邹城）人。建安七子之一。年少时流落荆州，依附荆州牧刘表。刘表卒，劝表子刘琮降曹操。辟为丞相掾。魏国建后，拜为侍中。随军征吴，病卒于道中。

②愀怆qiǎo chuàng：忧伤，悲哀。

③质：体质，气力。羸léi：羸弱，柔弱。

④曹、刘：曹植、刘桢。别构一体：另外构成一种风格。别，另外。这是当时习语，如庾肩吾《书品》评阮研云："虽复师王（羲之）祖钟（繇），终成别构一体。"

⑤方：比。

⑥魏文：魏文帝曹丕。

译文

他的诗歌源出于李陵。唱出忧伤的歌词，文采秀丽而气力柔弱。在曹（植）、刘（桢）之间另外构成一种风格。比起陈思王（曹植）来尚有不足之处，比起魏文帝（曹丕）来则绰绰有余。

晋步兵阮籍诗[①]

其源出于《小雅》[②]。无雕虫之巧[③]，而《咏怀》之作[④]，可以陶性灵，发幽思。言在耳目之内，情寄八荒之表[⑤]。洋洋乎会于《风》《雅》[⑥]，使人忘其鄙近[⑦]，自致远大。颇多感慨之词。厥旨渊放[⑧]，归趣难求[⑨]。颜延注解[⑩]，怯言其志。

注释

①阮籍（210—263）：字嗣宗，陈留尉氏（今河南尉氏县）人。竹林七贤之一。曾任步兵校尉，世称阮步兵。又任司马懿、司马师从事中郎、散骑常侍、东平相等职。魏晋之际，司马氏与曹氏争权，名士多遭杀戮，因而纵酒昏酣，不问世事。按：阮籍卒时，晋朝尚未正式建立，故称其为“晋步兵校尉”并不确切。但西晋人在撰写晋史时已有人主张应起始于魏代，东晋人所撰晋史也多载魏末人士的事迹。钟嵘在这里受此影响（参见杨明先生《诗品译注》）。

②小雅：《诗经》中的一部分。创作时间大抵在西周后期至东周初期，内容较多集中于指斥朝政缺失，反映社会动乱。

③雕虫：雕琢修饰文辞。语出扬雄《法言·吾子》：

"或问：'吾子少而好赋？'曰：'然，童子雕虫篆刻。'"雕虫犹虫镂，虫镂或作彤镂，指刻饰华彩；篆刻即雕刻（参见蒋礼鸿先生《义府续貂》）。一说雕虫、篆刻即虫书、刻符，均为古时书法创作中纤巧难工之体（参见汪荣宝《法言义疏》）。

④《咏怀》：阮籍有《咏怀诗》八十馀首，多讽刺时事，抒发忧伤愤懑之情。

⑤八荒：八方荒远的地方。

⑥洋洋：形容美盛的样子。会：合。

⑦鄙近：庸俗浅薄。

⑧厥jué：其。渊放：深远旷达。

⑨归趣：意趣，宗旨。

⑩颜延注解：颜延之曾经注释过阮籍的《咏怀诗》，原注已经散佚，唐代李善注《文选》时曾引录部分内容。

译文

他的诗歌源出于《小雅》。没有雕琢文辞的精巧，但《咏怀》之作，却可以陶冶性情，引发幽远的情思。所说的内容就是耳闻目睹的东西，情怀却寄托在极为辽远的地方。多么美好盛大啊，和《风》《雅》相合，让人忘却自身的庸俗浅薄，令自己达到辽远广阔的境界。作品中有不少感慨的词句。诗歌的宗旨深远旷达，难以追寻其意趣。颜延之所作的注解，不敢言说他的志趣。

晋平原相陆机诗①

其源出于陈思。才高词赡②，举体华美③。气少于公幹，文劣于仲宣④。尚规矩⑤，不贵绮错⑥，有伤直致之奇⑦。然其咀嚼英华⑧，厌饫膏泽⑨，文章之渊泉也⑩。张公叹其大才⑪，信矣！

注释

①陆机（261—303）：字士衡，吴郡吴（今江苏苏州）人。少时遭遇吴亡，与弟陆云退居华亭（今上海松江）。晋武帝太康末年应诏至洛阳，受到知名文士张华的爱重。曾任太子洗马、著作郎、中书郎等职。八王之乱中，被成都王司马颖杀害。平原相：陆机曾入成都王司马颖幕，被表为平原内史。晋代于诸王国中设置内史以治民，并未设相，但内史的职务实际上与汉代诸王国所设之相相同，故此处沿用旧称以称之（参见杨明先生《诗品译注》）。

②赡shàn：富盛。

③举体：全体，整体。

④气少于公幹，文劣于仲宣：钟嵘论诗主张“干之以风力，润之以丹彩”，此处虽然指出陆机在气力方面不如刘桢（公幹），在文采方面逊于王粲

（仲宣），但因为刘桢之诗“气过其文”，王粲之作“文秀质羸”，故其意乃是说陆机的诗歌不似刘、王那样在某一方面偏胜，而是气与文结合得较好，显得比较全面（参见王运熙先生《魏晋南北朝文学批评史·钟嵘〈诗品〉》）。六朝人在品鉴时往往进行比较，在高度赞扬的同时，也会指出其在某些方面的不足。例如《世说新语·品藻》：“时人道阮思旷（阮裕）骨气不及右军（王羲之），简秀不如真长（刘惔），韶润不如仲祖（王濛），思致不如渊源（殷浩），而兼有诸人之美。”钟嵘此处当受到这种品藻方式的影响（参见杨明先生《诗品译注》）。在当时其他一些著作中也可见到相似的例子，如庾肩吾《书品》称“张（芝）工夫第一，天然次之”，“钟（繇）天然第一，工夫次之”，而“王（羲之）工夫不及张，天然过之；天然不及钟，而工夫过之”。

⑤尚：崇尚，注重。规矩：法度，规则。

⑥绮错：原指丝织品花纹纵横交错，这里用来比喻辞藻的组织安排。按：“绮错”本与“直致”相对，下文云“有伤直致之奇”，而唯有“贵绮错”方有损于“直致”之美，但诸本此处均作“不贵绮错”，疑有错讹。有学者认为“不”字为衍文，当删去（参见韩国学者车柱环先生

《钟嵘诗品校证》）；或认为“不”当为“而”之误，二者字形略近（参见王叔岷先生《钟嵘诗品笺证稿》）；或认为上文“尚规矩”原来刻作“尚规榘”（“榘”同“矩”），因古书竖行，故在流传过程中，将“榘”误刻为“矩”“不”二字，“不”字属下读，以致形成错讹（参见蔡静芳先生《钟嵘〈诗品〉评陆机“不贵绮错”文献考辨》）。

⑦直致：自然本色，未经雕饰。

⑧咀嚼：体会，玩味。英华：花朵。这里用来比喻作品之美。

⑨厌饫 yù：饱食。膏泽：肥美的食物。这里用来比喻典籍之精华。

⑩渊泉：源泉。这里用来比喻事物的根源。

⑪张公叹其大才：《世说新语·文学》刘孝标注引《文章传》：“（陆）机善属文，司空张华见其文章，篇篇称善，犹讥其作文大治，谓曰：‘人之作文，患于不才；至子为文，乃患太多也。’”张公，即张华，参见本书“中品·晋司空张华”条。

译文

他的诗歌源出于陈思王（曹植）。才能高超，辞藻富盛，作品整体上华丽美妙。气力不如公幹（刘桢），文采逊于仲宣（王粲）。崇尚法度规则，注重组织安排，却有损于自然本色的奇妙。然而他能够体味前人作品的优美、饱食历代典籍的精华，真是文学的源泉所在。张华赞叹他才多，的确如此啊!

晋黄门郎潘岳诗[①]

其源出于仲宣。《翰林》叹其翩翩奕奕[②]，如翔禽之有羽毛，衣被之有绡縠[③]，犹浅于陆机[④]。谢混云[⑤]："潘诗烂若舒锦[⑥]，无处不佳；陆文如披沙简金[⑦]，往往见宝。"嵘谓益寿轻华[⑧]，故以潘胜；《翰林》笃论[⑨]，故叹陆为深[⑩]。余常言陆才如海[⑪]，潘才如江。

注释

①潘岳（247—300）：字安仁，荥阳中牟（今河南中牟）人。历任河阳县令、怀县令、著作郎、黄门侍郎等职。依附权臣贾谧，为"二十四友"之一。后遭赵王司马伦亲信孙秀诬陷，被杀。

②《翰林》：东晋李充所著《翰林论》，评论古今各体诗文。全书已佚，仅存少量佚文，清人严可均有辑本。翩翩奕奕：形容文辞美好盛多的样子。

③绡縠 xiāo hú：轻纱一类的丝织品。

④浅：指诗歌风貌的清浅明白，而非内容、意义的浅薄（参见杨明先生《汉唐文学辨思录·钟嵘〈诗品〉注释商榷》）。

⑤谢混：东晋诗人。参见本书"中品·晋仆射谢混"条。

⑥烂：光彩灿烂。舒锦：舒展锦缎。

⑦披沙简金：沙里淘金。简，同“拣”。按：《世说新语·文学》：“孙兴公云：‘潘文烂若披锦，无处不善；陆文若排沙简金，往往见宝。’”评语内容与此处所引谢混之语大致相同，而认为出自孙绰（兴公），乃当时传闻异辞的缘故。

⑧益寿：谢混字益寿。轻华：轻快华美。

⑨笃论：议论深刻。

⑩深：指诗歌风貌的深隐，而非内容、意义的深沉（参见杨明先生《汉唐文学辨思录·钟嵘〈诗品〉注释商榷》）。

⑪常：通“尝”，曾经。

译文

他的诗歌源出于仲宣（王粲）。《翰林论》赞叹他的诗作美好盛多，如同飞鸟之有羽毛，衣物之有轻纱，比起陆机来，诗风还显得清浅明白。谢混说：“潘岳的诗歌光彩灿烂，好像舒展锦缎，没有一处不好；陆机的作品好像淘沙取金，时常可以发现珍宝。”我认为谢混诗风轻快华美，因而以潘岳为胜出；《翰林论》议论深刻，因而赞叹陆机诗风深隐。我曾经说：陆机的才能如同大海，潘岳的才能如同大江。

晋黄门郎张协诗[①]

其源出于王粲。文体华净[②]，少病累[③]。又巧构形似之言[④]。雄于潘岳，靡于太冲[⑤]。风流调达[⑥]，实旷代之高才[⑦]。词彩葱蒨[⑧]，音韵铿锵[⑨]。使人味之，亹亹不倦[⑩]。

注释

①张协（？—307）：字景阳，安平武邑（今河北武邑）人。历任秘书郎、华阴令、中书侍郎、河间内史等职。后见天下纷扰，遂辞官隐居。永嘉初年，征为黄门侍郎，托病不出，卒于家。与兄张载、弟张亢齐名，并称三张。

②文体：诗歌风格。华净：清丽。

③病累：瑕疵，缺点。

④形似：指描摹事物时形象逼真。

⑤靡mǐ：美。太冲：西晋诗人左思，参见本书“上品·晋记室左思”条。

⑥调达：意近于逸荡、倜傥，有奇俊而洒脱不羁之义（参见王发国先生《诗品考索》）。

⑦旷代：即旷世，举世无双。

⑧葱蒨qiàn：华美盛多。

⑨铿锵kēngqiāng：节奏明快有力。

⑩亹wěi亹：与“娓娓”义近，形容作品美好动人（参见杨明先生《诗品译注》）。

译文

他的诗歌源出于王粲。诗风清丽，少有瑕疵。又巧于撰写描摹物象生动逼真的诗句。比潘岳雄壮，较左思华美。风雅潇洒，倜傥不羁，实在是绝世无双的高人。词彩华美盛多，节奏明快有力。让人品味起来，觉得美好动人而不知疲倦。

晋记室左思诗[①]

其源出于公干。文典以怨[②]，颇为清切[③]，得讽谕之致[④]。虽野于陆机[⑤]，而深于潘岳。谢康乐常言[⑥]：“左太冲诗，潘安仁诗，古今难比。”

注释

①左思（250？—305？）：字太冲，齐国临淄（今山东淄博）人。曾任秘书郎，后归家闲居。齐王司马冏命为记室督，托疾不就。时京师大乱，迁居冀州。数岁，以疾卒。

②典：典正，这里指多征引史事。左思有《咏史》诗，多通过史事来抒发胸臆。以：而。

③清切：清朗急切。

④讽谕：用委婉的言语进行劝说。致：风致，旨趣。

⑤野：疏野，质朴。按：有些版本“野”作“浅”，有学者认为“浅”与下文“深于潘岳”的“深”字相互对应，遂据以改正。但《诗品》中的评语并非都是反义并举，如上品评张协“雄于潘岳，靡于太冲”，中品评范云、丘迟“浅于江淹，而秀于任昉”等等皆其证，因此根据这一原则来改动文本，恐不可取（参见梁临川先生《〈诗品〉疑难问题二证——兼说〈诗品〉考证

的原则和方法》）。

⑥谢康乐：晋宋时期的诗人谢灵运，袭封康乐公。参见本书“上品·宋临川太守谢灵运”条。

译文

他的诗歌源出于公干（刘桢）。诗中多征引史事而抒发怨愤，颇为清朗急切，具有讽喻的风致。虽然比陆机质朴，但较潘岳深隐。谢灵运曾说：“左思的诗，潘岳的诗，从古至今，难以比并。”

宋临川太守谢灵运诗[①]

其源出于陈思，杂有景阳之体。故尚巧似[②]，而逸荡过之[③]，颇以繁芜为累。嵘谓若人兴多才博[④]，寓目辄书[⑤]，内无乏思[⑥]，外无遗物[⑦]，其繁富，宜哉！然名章迥句[⑧]，处处间起；丽曲新声，络绎奔发[⑨]。譬犹青松之拔灌木，白玉之映尘沙，未足贬其高洁也。初，钱塘杜明师夜梦东南有人来入其馆[⑩]，是夕即灵运生于会稽[⑪]。旬日而谢玄亡[⑫]。其家以子孙难得，送灵运于杜治养之[⑬]。十五方还都[⑭]，故名“客儿”[⑮]。

注释

①临川太守：当作临川内史。但晋宋时期的内史与太守名义虽然不同，实际则一样，故往往混称（参见郑骞先生《景午丛编·钟嵘诗品谢灵运条订误》）。谢灵运（385—433）：陈郡阳夏（今河南太康）人。东晋名将谢玄之孙。晋时袭封康乐公，世称谢康乐。入宋后，降爵为侯。历任散骑常侍、永嘉太守、临川内史等职。因与当权者不合，徙至广州，后以叛逆之罪被杀。

②尚：喜好，注重。巧似：即上品张协条中“巧构形似”之义，指描摹事物生动逼真。

③逸荡：飘逸放纵，不受拘束。

④若人：此人。指谢灵运。兴：兴致，兴会。

⑤寓目：过目，观看。辄zhé：就。

⑥乏思：才思窘迫。

⑦遗物：遗漏的事物。

⑧迥jiǒng句：佳句。

⑨络绎：接连不断。奔发：奔赴涌现。

⑩钱塘：今浙江杭州，当时属于吴郡。杜明师：杜昺，字叔恭（一说名炅，字子恭。王发国先生《诗品考索》以为当作昺，后因避唐人讳而改为炅或炯，字亦随之改作子恭，或径作恭），东晋时天师道（五斗米道）的著名道士。明师，指能够感通神灵、传授仙道的道教宗师（参见日本学者吉川忠夫《六朝精神史研究》第十一章《师受考》）。馆：道馆，道士修习的场所。

⑪会稽kuài jī：郡名，治山阴（今浙江绍兴）。按：会稽在钱塘东南方向，故上文称“东南有人来入其馆”。

⑫旬日：十日。谢玄（343—388）：字幼度，东晋名将，曾招募北来骁勇之士，组建北府军，在淝水之战中率军击败前秦军队。后历任散骑常侍、左将军等职，卒于会稽内史任上。按：谢玄卒时，谢灵运已经四岁，不能说其出生之后“旬日而谢玄亡”，此处必有讹误。研究者对此意见不一，主要有如下三种主张：一、认为当作“谢

焕”，即谢灵运之父（如许文雨《钟嵘诗品讲疏》、逯钦立《诗品丛考》、郝昺衡《谢灵运年谱》、韩国车柱环《钟嵘诗品校证》、韩国李徽教《诗品汇注》等）；二、认为当作“谢安”，即谢灵运之叔曾祖（如叶笑雪《谢灵运诗选》、郑骞《景午丛编·钟嵘诗品谢灵运条订误》、杨祖聿《诗品校注》、杨勇《谢灵运年谱》等）；三、认为当是谢玄的某个早夭“稚子”（如许云和《〈诗品上·宋临川太守谢灵运诗〉考辨》、李雁《曹旭〈诗品集注〉谢灵运条商榷及相关条目指误》等）。参酌诸说，似以第二说较为确切（参见日本学者清水凯夫先生《〈诗品〉谢灵运条逸话考》、曹旭先生《诗品集注》）。

⑬杜治：即杜明师家所设的静室。治，天师道举行各种宗教活动的静室，又可写作“靖室”“精室”“净室”“清室”等（参见陈国符先生《道藏源流考》附录二《道藏札记·道馆考源》及附录四《南北朝天师道考长编·设治第四》、日本学者吉川忠夫先生《“静室”考》等）。按：杜明师在当时颇受崇敬，贵族豪门多事之为弟子，谢安、谢玄等也曾向其请教，故谢家将灵运寄养其处，实非偶然（参见张伯伟先生《钟嵘诗品研究·钟嵘〈诗品〉谢灵运条疏证》）。

⑭都：指东晋都城建康（今江苏南京）。

⑮明清时期的不少版本此句后有小字注云："治，音稚，奉道之家靖室也。"按：上述传说见于南朝宋刘敬叔《异苑》，小注亦出自《异苑》。有学者怀疑这一故事乃后人引《异苑》为注，误入本文（参见韩国学者车柱环先生《钟嵘诗品校证》、杨祖聿先生《诗品校注》）。

译文

他的诗歌源出于陈思（曹植），又夹杂了景阳（张协）的风格。因此喜好巧妙地描摹风景，而飘逸不羁则超过了张协。颇因为繁多芜杂而受到牵累。我认为此人兴致盛多，才能广博，眼中看到什么就写入作品之中，内无才思窘迫的时候，外无遗漏不写的事物，其文辞繁多富盛，是理所当然的啊！然而知名秀出的诗句，到处呈现出来；美丽清新的乐曲，接连不断涌现。就好像青松挺立于灌木丛中，白玉映照着尘土沙砾，不能够因此而贬损其崇高洁白。当初，钱塘杜明师在夜里梦见东南方有人来到他的道馆，那一晚谢灵运就降生于会稽。过了十天，谢玄便逝世了。他们家因为子孙不容易养大，就把谢灵运送到杜明师的静室寄养，到了十五岁时才回到京城，因此称之为"客儿"。

诗品中

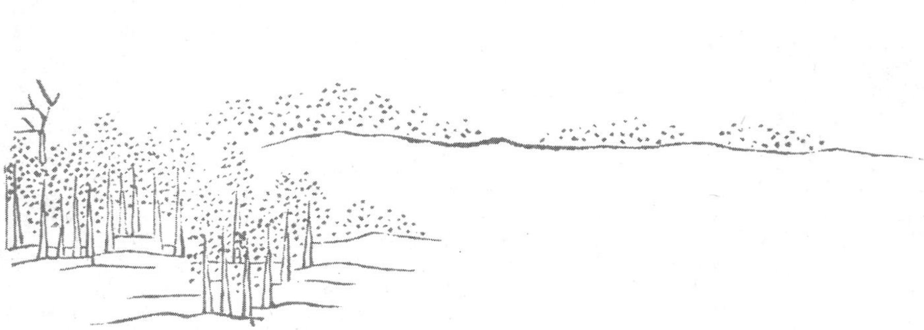

序曰：一品之中，略以世代为先后[①]，不以优劣为诠次[②]。又其人既往[③]，其文克定[④]。今所寓言[⑤]，不录存者。

注释

①略：大略，大致。世代：时代。

②诠次：编次，排列。

③既往：对死亡的讳称。

④克：能。

⑤寓言：寄言。这里指品评。

译文

序言说：每一品中，大致上依照时代来排列先后，而不以优劣来编排次序。另外，某人去世之后，其作品才能够论定。现在所做的品评，就不收录在世的人了。

夫属词比事[①]，乃为通谈[②]。若乃经国文符[③]，应资博古[④]；撰德驳奏[⑤]，宜穷往烈[⑥]。至乎吟咏情性[⑦]，亦何贵于用事[⑧]？“思君如流水”[⑨]，既是即目[⑩]；“高台多悲风”[⑪]，亦唯所见；“清晨登陇首”[⑫]，羌无故实[⑬]；“明月照积雪”[⑭]，讵出经史[⑮]？观古今胜语[16]，多非补假[17]，皆由直寻[18]。

注释

①属zhǔ词：连缀词句。属，连缀。比事：排比事类。事，典故。

②通谈：常谈。

③若乃：用于句子开头，表示另起一事。经国：治理国家。文：策文。符：符命。萧统编《文选》列有"文"和"符命"两类，前者收王融《永明九年策秀才文》《永明十一年策秀才文》和任昉《天监三年策秀才文》，后者收司马相如《封禅文》、扬雄《剧秦美新》、班固《典引》。

④资：取资，凭借。博古：通晓古事。

⑤撰德：指叙述德行的文章，如诔、碑等文体。刘勰《文心雕龙·诔碑》："诔者，累也，累其德行，旌之不朽也。……标序盛德，必见清风之华；昭纪鸿懿，必见峻伟之烈：此碑之制也。"驳：驳议。奏：奏疏。刘勰《文心雕龙·议对》："周爰谘谋，是谓为议；议之言宜，审事宜也。……迄至有汉，始立驳议。"又同书《奏启》："陈政事，献典仪，上急变，劾愆谬，总谓之奏。"

⑥穷：穷究。往烈：泛指往事。烈，功业。

⑦吟咏情性：指创作诗歌。语出《毛诗大序》："国史明乎得失之迹，伤人伦之废，哀刑政之

苛，吟咏情性，以风其上。”

⑧用事：使用典故。

⑨思君如流水：出自徐幹《室思》：“思君如流水，何有穷已时。”

⑩即目：眼前所见。

⑪高台多悲风：出自曹植《杂诗》：“高台多悲风，朝日照北林。”

⑫清晨登陇首：出自张华佚名诗：“清晨登陇首，坎壈行山难。”

⑬羌 qiāng：句首发语词。故实：典故。

⑭明月照积雪：出自谢灵运《岁暮》：“明月照积雪，朔风劲且哀。”

⑮讵 jù：岂。

⑯胜语：名句，佳句。

⑰补假：拼凑借用。

⑱直寻：直接寻求。

译文

连缀词句，排比事类，乃是平常的言论。如果是治理国家所需的策文、符命，应该取资于通晓古事；叙述德行、驳议奏疏，理当穷究过往的事迹。至于创作诗歌，又何必以运用典故为贵呢？“思君如流水”，即是就眼前所见而写；“高台多悲风”，也只是写所看到的景象；“清晨登陇首”，并没有运用典故；“明月照积雪”，岂是出自于经史？看看古今的佳句，大多不是靠拼凑借用，都是通过直接寻求而得来。

颜延、谢庄[1]，尤为繁密[2]，于时化之。故大明、泰始中[3]，文章殆同书抄[4]。近任昉、王元长等[5]，词不贵奇，竞须新事[6]，尔来作者[7]，寖以成俗[8]。遂乃句无虚语[9]，语无虚字，拘挛补纳[10]，蠹文已甚[11]。但自然英旨[12]，罕值其人[13]。词既失高[14]，则宜加事义[15]。虽谢天才[16]，且表学问，亦一理乎[17]！

注释

①颜延：南朝宋诗人颜延之的省称。参见本书“中品·宋光禄大夫颜延之”条。谢庄：南朝宋诗人。参见本书“下品·宋光禄谢庄”条。

②繁密：指运用典故繁多密集。

③大明：南朝宋孝武帝刘骏年号（457—464）。泰始：南朝宋明帝刘彧年号（465—471）。

④殆dài：几乎，差不多。书抄：资料的辑录。

⑤任昉：南朝齐梁时期文学家。参见本书“中品·梁太常任昉”条。王元长：南朝齐文学家王融，字元长。参见本书“下品·齐宁朔将军王融”条。按：钟嵘在本书中提及王融时多称其字，盖因齐和帝名萧宝融，故齐末梁初人多讳

“融”字（参见陈垣先生《史讳举例》第七十五《南北朝讳例》、曹道衡与沈玉成两先生《中古文学史料丛考·王融称字》）。

⑥竞：互相争着。须：有待，借助于。新事：指新奇生僻的典故。

⑦尔来：近来。尔，同“迩”。

⑧寖jìn：逐渐。俗：风气。

⑨虚语：指不运用典故的语句。按：下句中的“虚字”意思与此相近。

⑩拘挛luán补纳：拘束拉扯，缝补缀合。这里形容诗文中运用典故过多。拘挛，拘泥，拘束。补纳，缝补，补缀。纳，通“衲”。

⑪蠹dù：蛀蚀，损害。已甚：过甚，过分。

⑫英旨：指美好的诗歌。英，花。旨，美味。

⑬值：遇到。

⑭高：高明，高妙。

⑮事义：典故。

⑯谢：有愧于。

⑰理：这里指“事”而言，不必拘执为意义、道理之类（参见杨明先生《诗品译注》）。

译文

颜延之、谢庄，运用典故尤其繁多密集，当时的风气因此而发生变化。所以大明、泰始年间，诗文作品几乎和资料辑录一样。近来任昉、王元长（王融）等人，文辞不以奇警为贵，互相争着借助于新奇生僻的典故。近来的作者，逐渐形成了风气。于是诗句中没有不用典故的词语，词语中没有不用典故的字，拘束拉扯，缝补缀合，损害作品太过分了。然而自然美好的诗歌，很少遇到有人能写得出。文辞既已失去了高妙，那么就应该增加些典故，虽然有愧于天才的称号，姑且还能够展示一下学问，也算是那么一回事吧。

陆机《文赋》①，通而无贬②；李充《翰林》③，疏而不切④；王微《鸿宝》⑤，密而无裁⑥；颜延论文⑦，精而难晓⑧；挚虞《文志》⑨，详而博赡⑩，颇曰知言⑪：观斯数家，皆就谈文体，而不显优劣。至于谢客集诗⑫，逢诗辄取；张骘《文士》⑬，逢文即书：诸英志录⑭，并义在文，曾无品第⑮。嵘今所录，止乎五言。虽然，网罗今古，词人殆集。轻欲辨彰清浊⑯，掎摭病利⑰，凡百二十人⑱。预此宗流者⑲，便称才子。至斯三品升降，差非定制⑳，方申变裁㉑，请寄知者尔㉒。

注释

①《文赋》：陆机所撰辞赋，描绘了创作时的种种复杂情况。

②通：通达。贬：褒贬。一说，贬为“辨”或“偏”之讹（参见日本学者中沢希男先生《诗品考》），可备一说。

③李充（生卒年不详）：字弘度，江夏平春（今河南信阳）人。东晋文学家。官至中书侍郎。《翰林》：李充所撰《翰林论》。全书已佚，清人严可均有辑本。所存佚文内容大多为辨析各种文体特征，并举一些作家作品为例。

④疏：疏通，通达。切：贴切。

⑤王微：南朝宋文学家。参见本书“中品·宋征君王微”条。《鸿宝》：王微所撰论著，全书已佚，具体内容不详。按：唐代日本僧人空海在《文镜秘府论·天卷·四声论》曾提及“王微之制《鸿宝》”，故此书或许是讨论声韵之作（参见曹旭先生《诗品集注》）。

⑥裁：裁断。

⑦颜延论文：颜延之并无论文的专篇或专著，只有所著《庭诰》中有部分论文的内容，钟嵘或许就是指此而言（参见古直《钟记室诗品笺》）。

⑧晓：通晓，明白。

⑨挚虞（？—311）：字仲洽，京兆长安（今陕西西安）人。西晋文学家。官至太常卿。《文志》：挚虞曾按文体分类编纂文章总集《文章流别集》，并撰写《文章流别志论》，讨论历代作家及文体。全

书已佚，清人严可均、张鹏一均有辑本。

⑩博赡：渊博丰富。

⑪知言：有见识的话。

⑫谢客集诗：谢灵运编纂过《诗集》《诗集钞》《诗英》等诗歌总集，均已亡佚。

⑬张骘zhì：生平不详，约为南朝齐代人。撰有《文士传》。此书作者或署作“张隐”（生平亦不详，约为晋人）。有学者认为此书实由张隐、张骘二人先后完成，钟嵘所看到的大约是齐代张骘在晋代张隐原书基础上再作增补的定本（参见周勋初先生《张骘〈文士传〉辑本》）。《文士》：即《文士传》。全书已佚，清人黄奭、王仁俊及今人周勋初先生等均有辑本。从佚文来看，均为战国至南朝宋代文人轶事，看不出“逢文即书”的特点。

⑭英：俊杰。志录：记载收录。

⑮曾zēng：乃。

⑯轻：轻易，随便。这是钟嵘的自谦之词。辨彰：辨别彰显。清浊：优劣，高下。

⑰掎摭jǐzhí：指摘。病利：利弊得失。

⑱百二十人：《诗品》上品列十一人，外加“古诗”；中品列三十九人；下品列七十二人，共一百二十三个对象。这里只是举整数而言。

⑲预：通“与”，参与。宗流：宗派，源流。

⑳差：大略，比较。定制：定论，确定不移的论断。
㉑方：将。申：申说。变裁：这里指改变原来的品第。
㉒寄：托。知者：知音。

译文

陆机的《文赋》，通达却无褒贬；李充的《翰林论》，疏通却不贴切；王微的《鸿宝》，缜密却没有裁断；颜延之论述文章，精妙却难通晓；挚虞的《文章流别志论》，详尽而又宏富，颇可谓具有识见：纵观这几家，都只谈论文章本身，而不彰显优劣高下。至于谢灵运纂集诗歌，遇到诗歌就录；张骘撰写《文士传》，碰到文章便收：诸位俊杰所记载收录的，都在于文章本身，而没有品评次第。我如今所载录的，只限于五言诗。尽管如此，但搜罗古今，诗人差不多都被汇聚。随随便便地就想要辨明优劣，指摘利弊，总共有一百二十人。加入到这一宗派源流之中的，就可以称得上是才子。至于这三品位置的升降，未必就是定论，如果要变更品第，那就请拜托给知音吧。

汉上计秦嘉[①] 嘉妻徐淑诗[②]

士会夫妻事既可伤，文亦凄怨[③]。二汉为五言者[④]，不过数家，而妇人居二[⑤]。徐淑叙别之作[⑥]，亚于“团扇”矣[⑦]。

注释

①上计：战国秦汉时期地方官于年终时将辖境内户口、田地、赋税、盗贼、狱讼等情况编造簿册，遣吏逐级上报，奏呈朝廷，借资考绩，称之为上计。所派遣之吏称上计掾，也可以简称为上计。秦嘉（136？—164？）：字士会，陇西（今属甘肃）人。东汉桓帝时任陇西郡上计掾，赴洛阳。适逢其妻徐淑回母家，未及面别，于是作《赠妇诗》以抒发离别之情。入京后为黄门郎，病卒于津乡亭。

②徐淑（生卒年不详）：陇西（今属甘肃）人。秦嘉之妻。秦嘉死后，亲往扶柩归葬。后其兄弟逼其改嫁，遂毁形不从，哀恸而卒。

③文：这里指秦嘉、徐淑夫妇的赠答诗。

④二汉：西汉、东汉。

⑤妇人居二：指西汉的班婕妤与东汉的徐淑。

⑥叙别：叙述别情。按：秦嘉赴洛阳前，有书信及

诗歌寄赠，徐淑也有诗歌及书信答赠。徐诗现仅存《答秦嘉》一首。“叙别之作”或指此而言。

⑦亚：低于，仅次一等。团扇：指班婕妤《怨歌行》。参见本书“上品·汉婕妤班姬”条。

译文

秦士会夫妻的事迹既令人感伤，诗歌也凄惨哀怨。两汉写作五言诗的，不过几人，而妇女就占了两位。徐淑叙述离别之情的作品，仅次于“团扇”诗。

魏文帝诗[①]

其源出于李陵，颇有仲宣之体则[②]。新歌百许篇[③],率皆鄙直如偶语[④]。唯“西北有浮云”十馀首[⑤]，殊美赡可玩[⑥],始见其工矣[⑦]。不然,何以铨衡群彦[⑧]，对扬厥弟者耶[⑨]？

注释

①魏文帝：曹丕（187—226），字子桓，沛国谯（今安徽亳州）人。曹操次子，曾任五官中郎将，被立为太子。曹操卒后，嗣为丞相、魏王。后代汉自立。

②仲宣：王粲，字仲宣。体则：体貌法则。

③新歌：这里指曹丕写作的新题乐府诗。许：表示大约的数量。

④率：大抵。鄙直：鄙俗质直。偶语：原指相对私语。这里指浅直而未经修饰的语言（参见邬国平先生《钟嵘〈诗品〉注释辨证》）。一说，“偶语”当是“俚语”之误（参见宋红先生《钟嵘〈诗品〉析疑一则》）。

⑤西北有浮云：出自曹丕《杂诗》：“西北有浮云，亭亭如车盖。”

⑥殊：很，特别。美赡：优美丰富。可玩：可供玩赏。

⑦始：才。工：工巧。

⑧铨quán衡：评鉴衡量。彦yàn：才德出众的人。按：曹丕《典论·论文》《与吴质书》等都有评论当时文士的内容。

⑨对扬：对答称扬。多用于臣下对君上。这里有比美、较量的意思。厥弟：指曹丕之弟曹植。厥，其。按：曹丕虽然年长、位尊于曹植，但曹植被列入上品，且评语中称“陈思之于文章也，譬人伦之有周孔”，故钟嵘此处用“对扬”一语。

译文

他的诗歌源出于李陵，又很有仲宣（王粲）诗歌的体貌法则。新奇的歌曲有一百多首，大抵都鄙俗浅直而未经修饰。只有“西北有浮云”等十馀首，特别优美丰富，可以供人玩赏，才能够见出他的工巧。若不是这样，又凭什么去评鉴衡量诸多才德出众的文士，并和他弟弟比美较量呢？

晋中散嵇康诗[①]

颇似魏文。过为峻切[②]，讦直露才[③]，伤渊雅之致[④]。然托谕清远[⑤]，良有鉴裁[⑥]，亦未失高流矣[⑦]。

注释

①嵇康（224—263）：字叔夜，沛国铚（今安徽宿州西）人。竹林七贤之一。曾任中散大夫。因娶曹操曾孙女为妻，故对司马氏集团采取不合作态度。因事下狱，被杀。按：嵇康卒时尚在曹魏时期，钟嵘称之为“晋中散”并不确切，不过也是遵循当时的习惯。参见本书“上品·晋步兵阮籍”条。

②峻切：严峻激切。

③讦 jié 直：亢直敢言。讦，攻击别人的短处或揭发别人的隐私。露才：才华外露。

④伤：有损于。渊雅：渊博温雅。

⑤托谕：托言寄意，使人明晓。谕，同“喻”，明告，明晓。清远：清峻玄远，脱离尘俗。

⑥良：确实。鉴裁：鉴别裁断的能力。

⑦高流：上流，名流。

译文

他的诗歌很像魏文帝（曹丕）。过于严峻激切，亢直敢言，才华外露，有损于渊博温雅的风致。但能托言寄意，使人明晓，显得清峻玄远，确实具备鉴别裁断的能力，也不失为名流了。

晋司空张华诗[1]

其源出于王粲。其体华艳，兴托多奇[2]。巧用文字，务为妍冶[3]。虽名高曩代[4]，而疏亮之士[5]，犹恨其儿女情多[6]，风云气少[7]。谢康乐云："张公虽复千篇，犹一体耳。"今置之甲科疑弱[8]，抑之中品恨少，在季、孟之间矣[9]。

注释

①张华（232—300）：字茂先，范阳方城（今河北固安西南）人。魏末被荐举为太常博士，后任中书郎。入晋后，因力主伐吴而为武帝所重。惠帝时，相继任太子少傅、中书监等职。因反对赵王司马伦篡政而被杀。

②兴托：比兴寄托。

③妍冶 yán yě：华美。

④曩 nǎng 代：前代。曩，以往，过去。

⑤疏亮：通达爽朗。这里有不拘小节、高迈脱俗的意思。

⑥恨：遗憾。儿女：男女。按：张华《情诗》表现男女情事，在当时脍炙人口。

⑦风云：六朝时期的常用语，意思并不统一。其一指超脱尘俗的高情远致，其二指自然界中的各种

风景，其三指乘机因势以建功立业。这里与上文“疏亮之士”相应，应当是指第一种含义（参见杨明先生《汉唐文学辨思录·钟嵘〈诗品〉注释商榷》）。

⑧甲科：一等。这里指上品。

⑨季、孟之间：二者之间。语出《论语·微子》：“齐景公待孔子，曰：‘若季氏，则吾不能。以季、孟之间待之。’”在鲁国三卿之中，季氏为正卿，地位最尊贵；孟氏为下卿，不用事。齐景公的意思是要依据二者之间的标准来对待孔子。这在六朝时期成为常用语，如西晋孙楚《牵招碑》：“因恐为时所忌，每自酌损，在乎季、孟之间。”《世说新语·赏誉》刘孝标注引《晋阳秋》：“时人谓（王）湛上方山涛不足，下比魏舒有馀。湛闻之，曰：‘欲以我处季、孟之间乎？’”南齐王僧虔《论书》：“昔杜度杀字甚安而笔体微瘦，崔瑗笔势甚快而结字小疏，居处二者之间，亦犹仲尼方于季、孟也。”钟嵘此处亦借用其语，意谓将张华的诗安排在上、中品之间。

译文

他的诗歌源出于王粲。诗歌风格华丽，比兴寄托大多显得奇特。巧妙地运用文字，竭力追求鲜妍艳丽。尽管名声在前代很高，但是通达爽朗之人，还是因为他的诗中男女之情多、高情远致少而感到遗憾。谢康乐（谢灵运）说："张先生即便有千篇诗作，也仍然是一种风格。"现在若把他置于上品，则疑心还差一些，贬抑到中品，却又嫌低，大致就在这二者之间吧。

魏尚书何晏[①] 晋冯翊太守孙楚[②] 晋著作郎王赞[③] 晋司徒掾张翰[④] 晋中书令潘尼诗[⑤]

平叔"鸿雁"之篇[⑥]，风规见矣[⑦]。子荆"零雨"之外[⑧]，正长"朔风"之后[⑨]，虽有累札[⑩]，良亦无闻。季鹰"黄华"之唱[⑪]，正叔"绿蘩"之章[⑫]，虽不具美[⑬]，而文彩高丽[⑭]。并得虬龙片甲，凤凰一毛[⑮]。事同驳圣[⑯]，宜居中品。

注释

①何晏（？—249）：字平叔，南阳宛（今河南南阳）人。父早逝，其母尹氏被曹操纳为夫人，遂被收养，并娶魏金乡公主为妻。历任侍中、吏部尚书。后为司马懿所杀。精通老庄，是魏晋玄学的代表人物。

②孙楚（？—293）：字子荆，太原中都（今山西平遥）人，历任征西参军、冯翊píng yì太守等职。

③王赞（？—311？）：字正长，义阳郡（治今河南新野）人。曾任著作郎、散骑常侍等职。与后赵明帝石勒交战，遭擒被杀。

④张翰（256？—312？）：字季鹰，吴郡（治今江苏苏州）人。齐王司马冏辟为大司马东曹掾。后因政治纷乱，辞官归乡。按：史籍未载张翰曾任司

徒掾，此处疑有误。

⑤潘尼（250？—311？）：字正叔，荥阳中牟（今河南中牟）人。潘岳之侄。历任太常博士、中书令、太常卿等职。永嘉之乱时，携家还乡，病卒于道。

⑥鸿雁：当指何晏《拟古》，其中有“鸿鹄比翼游，群飞戏太清”的句子。

⑦风规：讽喻规劝。见xiàn：显现。

⑧零雨：指孙楚《征西官属送于陟阳侯作》，其中有“晨风飘歧路，零雨被秋草”的句子。零雨，下雨。

⑨朔风：指王赞《杂诗》，其中有“朔风动秋草，边马有归心”的句子。朔风，北风。

⑩累札zhá：连篇累牍。札，书写时使用的小木简。

⑪黄华：指张翰《杂诗》，其中有“青条若总翠，黄花如散金”的句子。华，同“花”。

⑫绿蘩fán：指潘尼《迎大驾》，其中有“青松荫修岭，绿蘩被广隰”的句子。蘩，白蒿。

⑬具美：全美。具，通“俱”。

⑭高丽：高超华美。

⑮并得虬龙片甲，凤凰一毛：比喻上述诸人都有部分作品与众不同。虬qiú龙，传说中有角的龙。凤凰，传说中的百鸟之王。按：“上品·魏陈思王植”条称“陈思之于文章”，犹如“鳞羽之有龙

凤”，这里或与之相呼应。

⑯驳圣：驳与圣，即贤人与圣人。汉代以来就有圣纯贤驳的观念，如王充《论衡·明雩》：“世称圣人纯而贤者驳。”王符《潜夫论·实贡》：“夫圣人纯，贤者博，周公不求备，四肢不相问。”驳有杂而不纯的意思。圣人纯正而无阙失，贤人则偏驳而有阙遗。钟嵘此处是借用圣、贤来比喻诗人，驳指偏美的诗人，圣指完美的诗人（参见邬国平先生《钟嵘〈诗品〉注释辨证》）。

译文

平叔（何晏）“鸿雁”一篇，显现出讽喻规劝之意。子荆（孙楚）除了“零雨”诗之外，正长（王赞）在“朔风”诗以后，尽管有不少作品，但的确没有什么名声。季鹰（张翰）“黄花”之篇，正叔（潘尼）“绿蘩”之作，尽管并不完美，但文采也算是高超华美。他们都得到虬龙的一片鳞甲，凤凰的一支翎毛。这事就像是贤人与圣人之间存在差异，应该居于中品。

魏侍中应璩诗[①]

祖袭魏文[②]。善为古语[③]，指事殷勤[④]，雅意深笃[⑤]，得诗人激刺之旨[⑥]。至于"济济今日所"[⑦]，华靡可讽味焉[⑧]。

注释

①应璩qú（190—252）：字休琏，汝南南顿（今河南项城西）人。应玚之弟。曾任散骑常侍、侍中等职。

②祖袭：效法，因袭。

③善为古语：指应璩善于借助古事来表情达意。

④指事：指说事情。殷勤：恳切周到。

⑤雅意：美意，好意。深笃：深切。

⑥诗人：指《诗经》的作者。激刺：斥责，讽刺。按：依照传统看法，《诗经》大多是有感而发的讽喻之作。

⑦济济今日所：应璩佚诗中的句子，全篇已无存。

⑧华靡：华美。讽味：讽诵玩味。

译文

效法魏文帝（曹丕）。善于运用古事，指说事情恳切周到，美意深切，深得《诗经》作者直斥讽刺的旨趣。至于"济济今日所"一篇，风格华美而可供讽诵玩味。

晋清河太守陆云[1] 晋侍中石崇[2] 晋襄城太守曹摅[3] 晋朗陵公何劭[4]

清河之方平原[5]，殆如陈思之匹白马[6]。于其哲昆[7]，故称二陆。季伦、颜远，并有英篇[8]。笃而论之[9]，朗陵为最。

注释

①陆云（262—303）：字士龙，吴郡（今江苏苏州）人。陆机之弟。孙吴灭亡后，随兄一同至洛阳。曾任浚仪令、清河内史等职。后与兄一同被成都王司马颖所杀。按：清河，西晋王国名，治清河（今山东临清）。其行政长官应称内史，因职务与郡太守相同，故混称为太守。参见本书“上品·临川太守谢灵运”条。

②石崇（249—300）：字季伦，渤海南皮（今河北南皮）人。曾任荆州刺史、黄门侍郎、散骑常侍、侍中等职。以生活豪奢著称。后被赵王司马伦所杀。

③曹摅shū（？—308）：字颜远，谯国谯（今安徽亳州）人。曾任洛阳令、襄城太守、征南司马等职。在讨伐流人时兵败身死。

④何劭shào（236—301）：字敬祖，陈国阳夏（今河南太康）人。西晋权臣何曾之子，袭爵为朗

陵公。与晋武帝司马炎有总角之好。曾任散骑常侍、侍中尚书、左仆射、太宰等职。

⑤方：比较，相比。平原：陆云之兄陆机，曾任平原内史。

⑥殆：大致，大概。匹：匹配，比较。白马：曹植之弟曹彪，封白马王。

⑦于：因为。昆哲：贤能的兄长。

⑧英篇：佳篇。

⑨笃：深切，确切。

译文

清河（陆云）与平原（陆机）相比较，大致就如同陈思王（曹植）和白马王（曹彪）相匹配一样。因为有着贤能的兄长，所以称之为“二陆”。季伦（石崇）、颜远(曹摅),都有出色的诗篇。深切地讨论一下,则朗陵(何劭）是最好的。

晋太尉刘琨[①] 晋中郎卢谌诗[②]

其源出于王粲。善为凄戾之词[③]，自有清拔之气[④]。琨既体良才[⑤]，又罹厄运[⑥]，故善叙丧乱[⑦]，多感恨之词。中郎仰之[⑧]，微不逮者矣[⑨]。

注释

①刘琨（271—318）：字越石，中山魏昌（今河北无极）人。少时以雄豪著称，与陆机、石崇等以文才事权贵贾谧，号“二十四友”。后遭逆乱，与好友祖逖共被而眠，闻鸡起舞，欲收复中原。曾招募流亡，对抗前赵昭武帝刘聪。后任都督并、冀、幽诸军事，为后赵明帝石勒所败。乃投靠幽州刺史段匹磾，相约扶助晋室。西晋灭亡后，上表劝司马睿继位称帝，被任为侍中、太尉。后遭段匹磾疑忌，被害身亡。

②卢谌chén（285—351）：字子谅，范阳涿郡（今河北涿州）人。西晋末曾任刘琨主簿、从事郎中。随刘琨投奔段匹磾。刘琨卒后，转投辽西段末波。后又任后赵石虎中书侍郎、国子祭酒、中书监等职。冉闵破后赵，被杀。

③凄戾lì：凄厉悲凉。

④自：别自，另外。清拔：清峻挺拔。

⑤体：禀有。

⑥罹lí：遭遇。

⑦丧乱：死亡祸乱。多用以形容时势或政局动乱。

⑧仰：仰慕，仰望。

⑨不逮：不及，比不上。

译文

他们的诗歌源出于王粲。善于写作凄厉悲凉之词，另外又具有清峻挺拔的气势。刘琨既禀有良好的才能，又遭遇苦难的时运，因而擅长叙写时局丧乱，多有感慨憾恨之词。中郎（卢谌）仰望着他，略微有些比不上。

晋弘农太守郭璞诗[1]

宪章潘岳[2]。文体相晖[3]，彪炳可玩[4]。始变中原平淡之体[5]，故称中兴第一[6]。《翰林》以为诗首[7]。但《游仙》之作，辞多慷慨，乖远玄宗[8]。而云："奈何虎豹姿[9]。"又云："戢翼栖榛梗[10]。"乃是坎壈咏怀[11]，非列仙之趣也[12]。

注释

①郭璞（276—324）：字景纯，河东闻喜（今山西闻喜）人。喜好阴阳历算，长于卜筮之术，精通古文奇字。曾任著作佐郎、尚书郎等职。后任大将军王敦记室参军。敦谋逆起兵，使其占卜。璞言其必败，被杀身亡。及王敦乱平，追赠弘农太守。

②宪章：原指典章制度。这里指以之为法则，有学习、效法的意思。

③文体相晖：指郭璞与潘岳二人之诗相互辉映。文体，一作"文质"。文质相辉即文质彬彬（文华与质朴相互谐和）之义。晖，同"辉"。

④彪炳：文采焕发。彪，虎皮的花纹。炳，鲜明。

⑤中原：指西晋。平淡之体：指玄言诗平淡的风格。

⑥中兴：国家由衰退而复兴。这里指东晋初。

⑦《翰林》：李充《翰林论》。

⑧乖远：相去甚远。玄宗：道家的深奥意旨。

⑨奈何虎豹姿：此句和下文“戢翼栖榛梗”都是郭璞《游仙诗》中的佚句，二诗都已散佚无存。

⑩戢jí：收敛，收藏。榛梗zhēn gěng：丛生的杂树。

⑪坎壈lǎn：困顿不得志。

⑫列仙：诸位仙人。这里指游仙诗。

译文

效法潘岳。二人诗歌风貌相互辉映，文采焕发，可供玩赏。开始转变西晋诗坛平淡的风貌，因而被称为中兴时期的第一人。《翰林论》以他为诗人之首。但《游仙诗》之作，言辞大多慷慨激烈，与道家的深奥意旨相去甚远。而诗中说：“奈何虎豹姿。”又说：“戢翼栖榛梗。”这是抒发困顿不得志的怀抱，并不是游仙诗的旨趣。

晋吏部郎袁宏诗[①]

彦伯《咏史》[②]，虽文体未遒[③]，而鲜明紧健[④]，去凡俗远矣[⑤]。

注释

①袁宏（328—376）：字彦伯，小字虎，陈郡阳夏（治今河南太康）人。少时孤贫，以在江上载运租谷为业。后任南海太守、大司马桓温记室、吏部郎、东阳太守等职。

②《咏史》：据《世说新语·文学》："袁虎少贫，尝为人佣载运租。谢镇西经船行，其夜清风朗月，闻江渚间估客船上有咏诗声，甚有情致。所诵五言，又其所未尝闻，叹美不能已。即遣委曲讯问，乃是袁自咏其所作《咏史》诗。因此相要，大相赏得。"可见袁宏此作在当时颇负盛名。

③未遒qiú：未尽完美。

④紧健：坚实有力。

⑤去：超过。

译文

彦伯（袁宏）的《咏史》，尽管诗歌风格未尽完美，但鲜明坚实，超出平凡庸俗之作很多。

晋处士郭泰机[1] 晋常侍顾恺之[2] 宋谢世基[3] 宋参军顾迈[4] 宋参军戴凯诗[5]

泰机“寒女”之制[6]，孤怨宜恨。长康能以二韵答四首之美[7]。世基“横海”[8]，顾迈“鸿飞”[9]。戴凯人实贫羸[10]，而才章富健[11]。观此五子，文虽不多，气调警拔[12]。吾许其进[13]，则鲍照、江淹未足逮止[14]。越居中品[15]，佥曰宜哉[16]。

注释

①处士：未做过官的士人。郭泰机（生卒年不详）：河南郡（治今河南洛阳）人。出身卑微，终生未仕。曾以诗与傅咸赠答，欲求其荐举，事未果。

②顾恺之（350？—411？）：字长康，小字虎头，晋陵无锡（今江苏无锡）人。晋代知名画家。曾任桓温及殷仲堪记室参军，后又任散骑常侍。

③谢世基（？—426）：陈郡阳夏（今河南太康）人。谢晦之侄。因谢晦谋反，受牵连而被杀。

④顾迈（？—453）：吴郡（治今江苏苏州）人。曾任临川王刘义庆将军府行参军、始兴王刘浚征北将军府行参军等职。因助南海太守萧简作乱而被杀。

⑤戴凯（？—466）：一作戴凯之，字庆豫（豫或作

预），武昌郡（治今湖北鄂州）人。曾参与晋安王刘子勋叛乱，后被杀。其任参军事不详，或许是任晋安王参军。

⑥寒女：指郭泰机《答傅咸》，其中有“皎皎白素丝，织为寒女衣。寒女虽巧妙，不得秉机杼”之句。

⑦二韵：指诗中的四句。因每两句押一韵，故有此称。古直《钟记室诗品笺》认为或许就是指顾恺之《神情诗》中“春水满四泽，夏云多奇峰。秋月扬明辉，冬岭秀孤松”四句。答：应答。四首：当为“四时”之误。因“时”在古时又可写作“旹”，与“首”形近易误（参见王发国先生《诗品考索》）。

⑧横海：指谢世基临刑时与谢晦联句所作诗，其中有“伟哉横海鳞，壮矣垂天翼”之句。

⑨鸿飞：当出自顾迈之作，其诗已佚。

⑩贫羸 léi：贫穷瘦弱。这里指出身低下。

⑪才章：才华文章。富健：丰富劲健。

⑫气调：气概风格。警拔：精警拔俗。

⑬吾许其进：语本《论语·述而》：“子曰：‘与其进也，不与其退也。唯何甚？’”与，称许、鼓励。

⑭鲍照：刘宋时文人。参见本书“中品·宋参军鲍照”条。江淹：梁代文人。参见本书“中品·梁光禄江淹”条。逮：及。按：鲍照、江淹均出身寒门

而得享盛名，故钟嵘将身世相仿的郭泰机等五人与二人相比较（参见日本立命馆《钟氏诗品疏》）。

⑮越：越级提升。按：钟嵘似认为这五人之诗，稍低于中品的水准（参见韩国李徽教先生《诗品汇注》）。

⑯佥 qiān：全，都。

译文

泰机（郭泰机）“寒女”之诗，孤寂哀怨，自然要抒发憾恨之情。长康（顾恺之）能够用四句诗来应对四个季节的美景。世基（谢世基）有“横海”之作，顾迈有“鸿飞”之诗。戴凯其人确实贫穷瘦弱，但才华文章显得丰富劲健。看看这五位作者，诗作尽管不多，但气概风格精警拔俗。我如果鼓励他们继续前进，那么追及鲍照、江淹，也不在话下。越级提拔他们居于中品，大家都说是合宜的。

宋征士陶潜诗[1]

其源出于应璩，又协左思风力。文体省静[2]，殆无长语[3]。笃意真古[4]，辞兴婉惬[5]。每观其文，想其人德。世叹其质直[6]。至如“欢言酌春酒”[7]、“日暮天无云”[8]，风华清靡[9]，岂直为田家语耶[10]？古今隐逸诗人之宗也。

注释

①征士：被朝廷征召的人。陶潜（365—427）：字渊明。一说，名渊明，字元亮；又一说，在晋时名渊明，字元亮，入宋后改名为潜。卒后私谥靖节。浔阳柴桑（今江西九江）人。晋大司马陶侃曾孙。父早卒，家境贫寒。初仕为江州祭酒，不久便解职而归。后又相继任刘裕镇军参军、建威将军刘敬宣参军等职。又为彭泽令，在官八十馀日即弃官归乡。入宋后隐居，不再出仕。晋末曾征为著作佐郎，不就。入宋后江州刺史檀道济劝其出仕，亦拒之。

②省静：即省净，简练明净。

③长 zhàng 语：冗长多馀的话。长，多馀。

④笃意：深厚之意。真古：真率古朴。

⑤兴：意兴，兴致。婉惬 qiè：和婉惬意。

⑥质直：质朴直率。

⑦欢言酌春酒：出自陶渊明《读〈山海经〉十三首》之一："欢言酌春酒，摘我园中蔬。"

⑧日暮天无云：出自陶渊明《拟古九首》之一："日暮天无云，春风扇微和。"

⑨风华：风采才华。

⑩岂直：难道只是。直，只。田家语：乡野人家的话。这里指语言质朴俚俗。

译文

他的诗歌源出于应璩，又调协了左思的风力。诗歌风格简练明净，几乎没有多馀的话。用意深厚、真率古朴，文辞意兴显得和婉惬意。每次读他的诗作，就想起他的人品德行。世人惋叹他的诗作质朴直率。至于像"欢言酌春酒""日暮天无云"之类，风采清丽，难道只是乡野人家的话吗？他是古今隐逸诗人的宗师。

宋光禄大夫颜延之诗[①]

其源出于陆机。故尚巧似。体裁绮密[②]，情喻渊深[③]，动无虚散[④]，一句一字，皆致意焉[⑤]。又喜用古事[⑥]，弥见拘束[⑦]。虽乖秀逸[⑧]，固是经纶文雅[⑨]。才减若人[⑩]，则陷于困踬矣[⑪]。汤惠休曰[⑫]："谢诗如芙蓉出水，颜如错彩镂金[⑬]。"颜终身病之[⑭]。

注释

①颜延之（384—456）：字延年，琅琊临沂（今山东临沂）人。东晋时任江州刺史刘柳后军功曹，入宋后历任太子舍人、始安太守、永嘉太守、国子祭酒、秘书监等职，官至金紫光禄大夫。

②体裁：体貌风格。绮密：绮丽细密。

③情喻：情感意旨。渊深：深邃。

④动：举动。这里指动笔。虚散：空虚散漫。

⑤致意：关注，集中心思。

⑥古事：典故。

⑦弥：更加，越发。

⑧乖：不合，背离。秀逸：秀美洒脱，不同凡俗。

⑨固：确实。经纶：原指整理丝缕、理出丝绪和编丝成绳。引申为筹划、治理国家大事，或指治理国家的抱负和才能。

⑩若人：此人。指颜延之。

⑪困踬zhì：困顿受挫。踬，跌倒。

⑫汤惠休：南朝宋诗人。详见本书“下品·齐惠休上人”条。

⑬错彩镂lòu金：错杂色彩，镂刻金器。这里形容诗文作品的辞藻华丽。错，错综排列。镂，雕刻。按：《南史·颜延之传》：“延之尝问鲍照己与灵运优劣。照曰：‘谢五言如初发芙蓉，自然可爱；君诗如铺锦列绣，亦雕绘满眼。’”与汤惠休所言大体相同。

⑭病：愤恨，不快。

译文

他的诗歌源出于陆机。因此喜好巧妙地描摹外物。诗风绮丽细密，情感意旨深邃。每次动笔都不会空洞散漫，每一句、每一字都集中心思来写。又喜欢运用典故，更加显得拘谨。尽管不合于秀美脱俗，但确实怀有抱负而温文尔雅。才能比不上这个人，就会陷于困顿受挫的境地。汤惠休说：“谢（灵运）诗如同芙蓉挺出于水面，颜（延之）诗如同错杂色彩、镂刻金器。”颜（延之）一生为之愤恨不快。

宋豫章太守谢瞻[①] 宋仆射谢混[②] 宋太尉袁淑[③] 宋征君王微[④] 宋征虏将军王僧达诗[⑤]

其源出于张华。才力苦弱[⑥]，故务其清浅[⑦]，殊得风流媚趣[⑧]。课其实录[⑨]，则豫章、仆射，宜分庭抗礼[⑩]；征君、太尉，可托乘后车[⑪]；征虏卓卓[⑫]，殆欲度骅骝前[⑬]。

注释

①谢瞻（383？—421）：字宣远。一说，名檐，字通远。陈郡阳夏（今河南太康）人。谢灵运族兄。东晋时曾任安西将军桓伟参军、建威长史等职。入宋后任豫章太守。

②谢混（377？—412）：字叔源，小字益寿，陈郡阳夏（今河南太康）人。谢灵运族叔。历任中书令、中领军、尚书左仆射等职。晋末刘毅与刘裕争权，因与刘毅交密，为刘裕所杀。按：谢混卒于晋代，并未入宋，此处称其为“宋仆射”有误。但晋宋之际往往混称，沈约撰《宋书》即有谢混传。钟嵘此处亦循此惯例（参见曹旭先生《诗品集注》）。

③袁淑（408—453）：字阳源，陈郡阳夏（今河南太康）人。曾任临川王刘义庆谘议参军、尚书吏

部郎、太子左卫率等职。因劝阻太子刘劭篡弑而被杀。宋孝武帝刘骏即位，追赠太尉，谥忠宪。

④征君：经朝廷征召而不至者称征士，尊称之则为征君。王微（415—453）：字景玄，琅琊临沂（今山东临沂）人。曾任太子中舍人等职。不乐仕进，父卒后即不复出仕。

⑤王僧达（423—458）：琅琊临沂（今山东临沂）人。王微从弟。曾任宣城太守、征虏将军、吴郡太守、中书令等职。自负高门且有功，屡经犯忤，赐死狱中。

⑥才力：指运用辞藻的能力。按：古人所谓才力大，有善于大量地组织、调遣辞藻的意思，而辞藻繁密则往往意旨深隐；而才力小则可能与清朗、精简相关（参见杨明先生《诗品译注》）。

⑦务：从事，致力。清浅：清朗浅净。

⑧殊：特别，很。媚：六朝时“媚”多与“骨力”“笔力”等相对而言，指圆转流利丰润之美（参见王运熙先生《魏晋南北朝文学批评史·钟嵘〈诗品〉》）。

⑨课：考察。实录：符合实际的记录。

⑩分庭抗礼：原意为宾主双方分处庭院两边，相对设礼，以平等之礼相待。后喻指平起平坐，不相上下。抗，也作“伉”，对等，相当。

⑪后车：随从车辆。这里喻指王微、袁淑之诗紧随

谢瞻、谢混之后而略逊一筹。

⑫卓卓：高超不凡。

⑬“殆欲”句：语本南朝齐王僧虔《论书》：“亡从祖中书令（王）珉，笔力过于子敬（王献之，字子敬，王珉族兄）书。……子敬戏云：‘弟书如骑骡骎骎，恒欲度骅骝前。’”王微、王僧达同出于晋尚书令王珣（即王珉之兄），作《论书》引王献之语的王僧虔又是王微、王僧达之从弟，故钟嵘此处借用王献之语，所言当亦指王氏家族内部事，是以王僧达与其从兄王微相比较，言王僧达欲越居王微之前，并非泛言王僧达欲超越于谢瞻等人之前（参见杨明先生《诗品译注》）。殆，几乎。度，超越。骅骝 huá liú，骏马。这里喻指王微。

译文

他们的诗歌源出于张华。苦于运用辞藻的能力偏弱，所以致力于清朗浅净，很有流美妍媚的趣味。考察实际情况，那么豫章（谢瞻）、仆射（谢混）应该是不分上下；征君（王微）、太尉（袁淑）可以置身于随从之车；征虏（王僧达）高超不凡，大约想要超越于骏马（王微）之前。

宋法曹参军谢惠连诗[①]

小谢才思富捷[②]，恨其兰玉夙凋[③]，故长辔未骋[④]。《秋怀》《捣衣》之作[⑤]，虽复灵运锐思[⑥]，亦何以加焉[⑦]。又工为绮丽歌谣，风人第一[⑧]。《谢氏家录》云[⑨]：康乐每对惠连[⑩]，辄得佳语。后在永嘉西堂[⑪]，思诗竟日不就[⑫]。寤寐间忽见惠连[⑬]，即成"池塘生春草"[⑭]。故常云："此语有神助，非吾语也。"

注释

①谢惠连（407—433）：陈郡阳夏（今河南太康）人。谢灵运族弟。少能属文，甚得谢灵运赏识。曾任彭城王刘义康法曹参军。

②小谢：指谢惠连，相对其族兄谢灵运而言。富捷：丰富敏捷。

③兰玉：芝兰玉树，比喻佳子弟。语本《世说新语·言语》："谢太傅（安）问诸子侄：'子弟亦何预人事，而正欲使其佳？'诸人莫有言者。车骑（谢玄）答曰：'譬如芝兰玉树，欲使其生于阶庭耳。'"夙：早。凋：凋谢。这里指去世。

④长辔pèi：驾驭车马所用的缰绳长，则便于驱使，能驰骋自如。这里比喻卓越的才能。辔，马缰绳。骋chěng：奔驰。

⑤《秋怀》《捣衣》：两诗均收入昭明太子萧统所编《文选》，本书《下品序》也将“惠连《捣衣》之作”列入“五言之警策”中。

⑥虽复：纵使。锐思：才思敏捷。

⑦加：超越。

⑧风人：即风人体，六朝时期的江南民间歌谣，多运用谐音双关的手法来表现男女之情。

⑨《谢氏家录》：书已散佚。内容当主要记载谢氏家族轶事。

⑩康乐：谢灵运。谢灵运袭封康乐公，入宋后降爵为侯。

⑪永嘉：郡名，治永宁（今浙江温州）。谢灵运曾任永嘉太守。西堂：谢灵运在永嘉的居所。

⑫竟日：整日。不就：不能完成。

⑬寤寐wù mèi：半睡半醒之间。

⑭池塘生春草：出自谢灵运《登池上楼》：“池塘生春草，园柳变鸣禽。”按：《宋书·谢灵运传》：“灵运去永嘉还始宁，时方明（谢惠连之父谢方明）为会稽郡。灵运尝自始宁至会稽造方明，过视惠连，大相知赏。”时当元嘉二年（425）左右，惠连年约十七。而谢灵运作《登池上楼》诗在此之前，即便当时二谢已相见，惠连也仅有十二三岁左右，故此处所述轶事于情理似有不当（参见曹道衡、沈玉成先生《中古文学史料丛

考·谢灵运与谢惠连》）。

译文

小谢（谢惠连）才思丰富而敏捷，令人遗憾的是如同芝兰玉树，过早地凋谢，因此虽拥有驾驭自如的才能而没有来得及驰骋。《秋怀》《捣衣》这类诗作，纵使是谢灵运那样才思敏捷，又怎么能超越呢？又擅长写作绮丽的歌谣，风人诗体居于首位。《谢氏家录》说：康乐（谢灵运）每次和惠连相见，就能够得到佳句。后来在永嘉郡西堂，构思诗句，一整天都没能完成。在半睡半醒之间忽然看见惠连，便写出了“池塘生春草”的句子。因此曾经说：“这句诗有神灵相助，不是我自己的话。”

宋参军鲍照诗[1]

其源出于二张[2]。善制形状写物之词[3]。得景阳之諔诡[4]，含茂先之靡嫚[5]。骨节强于谢混[6]，驱迈疾于颜延[7]。总四家而擅美[8]，跨两代而孤出[9]。嗟其才秀人微[10]，故取湮当代[11]。然贵尚巧似[12]，不避危仄[13]，颇伤清雅之调[14]。故言险俗者[15]，多以附照[16]。

注释

①鲍照（414？—466）：字明远，东海郡（治郯县，今山东郯城北）人。出身寒微。曾任临川王刘义庆侍郎、始兴王刘濬侍郎、中书舍人、秣陵令等职。后被临海王刘子顼引为前军参军。因卷入宋末王室内部争斗，为乱兵所杀。

②二张：指张协、张华。

③形状：描绘外物形态。

④景阳：张协，字景阳。諔诡chùguǐ：奇异。

⑤茂先：张华，字茂先。靡嫚màn：华美，华丽。

⑥骨节：指诗歌的骨力气势。

⑦驱迈：指诗歌的节奏韵律。疾：快。颜延：颜延之。

⑧总：汇总，综合。四家：指上文提及的张协、张华、谢混和颜延之。擅美：专美，独有其美。

⑨两代：指鲍照本人所生活的晋、宋两代。孤出：独出，突出。

⑩嗟jiē：嗟叹，惋惜。人微：出身低微。

⑪湮yān：埋没。

⑫贵尚：崇尚。

⑬危仄zè：生涩怪僻。仄，倾斜。

⑭伤：有损于。

⑮险俗：怪异鄙俗。

⑯附：比附，依附。

译文

他的诗歌源出于二张。善于创制描摹外物形态的词句。得到景阳（张协）的奇异，含有茂先（张华）的华美。骨力气势比谢混强劲，节奏韵律比颜延之迅疾。综合了四家而独有其美，跨越了两代而特立独出。令人嗟叹的是他才华出众却出身卑微，因此在当时就被埋没。然而他崇尚巧妙地描绘物象，不回避生涩怪僻，颇有损于清朗典雅的格调。因此论及怪异鄙俗诗风的人，多将之依附于鲍照。

齐吏部谢朓诗[1]

其源出于谢混。微伤细密[2]，颇在不伦[3]。一章之中，自有玉石[4]，然奇章秀句，往往警遒[5]。足使叔源失步[6]，明远变色[7]。善自发诗端[8]，而末篇多踬[9]，此意锐而才弱也。至为后进士子之所嗟慕[10]。朓极与余论诗[11]，感激顿挫过其文[12]。

注释

①谢朓（464—499）：字玄晖，陈郡阳夏（今河南太康）人。与谢灵运同族。曾为随王萧子隆文学，颇受赏爱。后又任骠骑将军萧鸾谘议、宣城太守、尚书吏部郎等职。因不肯依附始安王萧遥光篡逆，被陷下狱死。

②细密：细碎繁密。

③颇在：略有，稍有。颇，略微。不伦：良莠不齐（参见曹旭先生《诗品集注》引萧华荣先生说）。

④自：虽然。玉石：玉和石。这里喻指诗中的佳句和瑕疵夹杂在一起。

⑤警遒：警拔遒美。

⑥叔源：谢混，字叔源。失步：乱了步伐。

⑦明远：鲍照，字明远。变色：改变脸色。

⑧自：另自，自行。诗端：诗歌开头。

⑨末篇：诗歌结尾。踬zhì：困顿不顺。

⑩至：极其，非常。后进：后学，晚辈。嗟慕：感叹仰慕。

⑪极：通“亟”，屡次。按：钟嵘于南齐永明年间为国子生，王俭领祭酒，“颇赏接之”（《南史·钟嵘传》），而谢朓当时正任王俭卫将军东阁祭酒，二人相交论诗当在此期间（参见吕德申先生《钟嵘诗品校释》）。

⑫感激：激动。顿挫：情感、声调等抑扬起伏。

译文

他的诗歌源出于谢混。稍嫌细碎繁密，略显良莠不齐。一篇之中，虽然佳句与瑕疵相互混杂，但奇特秀出的诗句，往往警拔遒美。足以使得叔源（谢混）错乱步伐，明远（鲍照）改变脸色。善于在诗中自行发端，然而在篇末却时常陷入困顿，这是文思敏锐而才力贫弱的缘故。极其受到后学晚辈的感叹仰慕。谢朓屡次和我谈论诗歌，感慨激动，音情顿挫，超过了他的诗作。

梁光禄江淹诗[1]

文通诗体总杂[2]，善于摹拟[3]。筋力于王微，成就于谢朓[4]。初，淹罢宣城郡[5]，遂宿冶亭[6]。梦一美丈夫，自称郭璞，谓淹曰："吾有笔在卿处多年矣，可以见还。"淹探怀中[7]，得五色笔以授之。尔后为诗，不复成语，故世传江淹才尽。

注释

①江淹（444—505）：字文通，济阳考城（今河南兰考）人。少时孤贫好学。历仕三朝，宋时任建平王刘景素参军、吴兴令等，齐时任中书侍郎、宣城太守、秘书监等，入梁后任散骑常侍，官至金紫光禄大夫。

②总杂：众多而混杂。

③善于模拟：江淹有《杂体诗三十首》《学魏文帝》《效阮公诗十五首》等，都是模仿前人的作品。

④筋力于王微，成就于谢朓：意思是说江淹诗歌的"筋力"得自王微，其诗歌所具有的体貌至谢朓才臻于完善，获得更高成就（参见邬国平先生《钟嵘〈诗品〉注释辨正》）。一说，这两句意思是是说江淹诗歌"筋力"强于王微，成就高于谢朓（参见陈庆元先生《江淹"筋力于王微，成

就于谢朓”辨》）。另一说，这两句谓江淹气质才力在王微之列，诗歌成就在谢朓之列（参见陈元胜先生《诗品辨读》）。按：此处颇为费解，相较而言，当以邬说为长。

⑤宣城郡：治所在宛陵（今安徽宣城）。按：江淹任宣城太守在齐明帝建武年间，前后凡四年。

⑥冶亭：在建康冶城内，故址在今南京市朝天宫附近。因本为春秋时吴国铸冶之地，故名。江淹卸任后返回京城建康，因而留宿于冶亭。

⑦探：手伸入。

译文

文通（江淹）的诗歌风貌众多而混杂，善于模仿。筋骨风力得自于王微，这种体貌风格至谢朓才臻于完善。当初江淹卸去宣城太守的职务，留宿在冶亭。梦见一位英俊男子，自称是郭璞，对江淹说：“我有笔在您那里很多年了，该把它还给我了。”江淹把手伸到怀中，摸到一枝五色笔，就交给了那位男子。此后写诗，再也不能成句，因此世人传言说江淹才华用尽了。

梁卫将军范云[①] 梁中书郎丘迟诗[②]

范诗清便宛转[③]，如流风回雪[④]。丘诗点缀映媚[⑤]，似落花依草[⑥]。故当浅于江淹[⑦]，而秀于任昉[⑧]。

注释

①范云（451—503）：字彦龙，南乡舞阴（今河南泌阳）人。宋时任郢州西曹书佐，转法曹行参军。入齐后任竟陵王萧子良记室参军、零陵内史、始兴内史、广州刺史等。萧衍代齐时为佐命功臣，入梁后相继任吏部尚书、尚书右仆射等。

②丘迟（464—508）：字希范，吴兴乌程（今浙江湖州）人。齐时任太学博士、车骑录事参军等，梁时任中书侍郎、永嘉太守等。

③清便pián：清朗娴雅。便，娴雅美好貌。宛转：委婉曲折貌。

④流风：疾风，长风。回：回旋，回转。

⑤映媚：相互映衬而形成柔美的姿态。

⑥依：依附。

⑦故当：自当，必定。

⑧任昉：齐梁时文人，详见本书“中品·梁太常任昉”条。

译文

范云的诗清朗娴雅，委婉曲折，恰如疾风回旋着雪花。丘迟的诗点缀映衬，妩媚柔美，好似落花依附着草地。应当比江淹清浅，而比任昉秀异。

梁太常任昉诗[1]

彦昇少年为诗不工[2]，故世称“沈诗任笔”[3]，昉深恨之[4]。晚节爱好既笃[5]，文亦遒变[6]。善铨事理[7]，拓体渊雅[8]，得国士之风[9]，故擢居中品[10]。但昉既博学，动辄用事[11]，所以诗不得奇。少年士子效其如此，弊矣。

注释

①任昉fǎng（460—508）：字彦昇，乐安博昌（今山东博兴）人。南齐时任丹阳尹王俭主簿、竟陵王萧子良参军。萧衍代齐之际，任记室参军，专主文翰。后任义兴太守、秘书监、新安太守等职。

②工：精巧。

③沈诗任笔：意思是说沈约擅长写诗，任昉擅长为笔。笔，指不押脚韵的作品。任昉擅长写作诏诰表奏之类公文。

④恨：遗憾。

⑤晚节：晚年。笃：深切。

⑥遒qiú：尽，终。

⑦铨quán：权衡评说。

⑧拓：拓展，开拓。渊雅：深远高雅。

⑨国士：一国之中才能最优异的人。

⑩擢zhuó：选拔，提升。

⑪用事：运用典故。

译文

彦昇（任昉）年少时写诗不精巧，因此世人说“沈诗任笔”，任昉深以为憾。晚年爱好既深，诗也尽变。善于权衡评说事理，开拓深远高雅的风貌，具备一国之士的风范，因此提升他居于中品。然而任昉学问渊博，动不动就运用典故，因此诗作不能奇警。年轻士子效仿他这样，就糟糕了。

梁左光禄沈约诗[①]

观休文众制，五言最优。详其文体，察其馀论[②]，固知宪章鲍明远也[③]。所以不闲于经纶[④]，而长于清怨。永明相王爱文[⑤]，王元长等皆宗附之[⑥]。于时谢朓未遒[⑦]，江淹才尽，范云名级故微[⑧]，故约称独步。虽文不至[⑨]，其工丽亦一时之选也[⑩]。见重闾里[⑪]，诵咏成音[⑫]。嵘谓约所著既多，今剪除淫杂[⑬]，收其精要，允为中品之第矣[⑭]。故当词密于范，意浅于江也。

注释

①沈约（441—513）：字休文，吴兴武康（今浙江德清）人。南齐时曾为太子家令、东阳太守、国子祭酒等职。后助萧衍建立梁朝，历仕尚书仆射、尚书令、左光禄大夫等职。长于诗文，是南齐永明声律说的主要倡导者。

②馀论：高论、宏论。是对他人议论的敬辞。

③宪章：效法。鲍明远：鲍照，字明远。

④闲：通“娴”，熟悉，熟练。经纶：指风格雍容典雅的诗作。

⑤永明：齐武帝萧赜年号（483—493）。相王：指萧子良。齐武帝萧赜次子，封竟陵郡王。永明年间

任司徒、侍中，职务相当于宰相，故称“相王”。《梁书·武帝本纪》：“竟陵王子良开西邸，招文学，高祖（萧衍）与沈约、谢朓、王融、萧琛、范云、任昉、陆倕等并游焉，号曰八友。”

⑥王元长：王融。详见本书“下品·齐宁朔将军王融”条。宗附：宗仰依附。

⑦遒：遒劲有力。

⑧名级：名声和地位。故：仍，尚。微：低微。

⑨不至：尚未臻于完美的程度。

⑩一时之选：某一时期最优秀的事物。选，同类事物中的最佳。

⑪闾里：里巷。

⑫诵咏：传诵。

⑬淫杂：淫滥芜杂。淫，过度，无节制。

⑭允：确实。

译文

阅读休文（沈约）的众多作品，五言诗最为优秀。详究其诗歌体貌，考察其高论宏旨，确实可知是效法鲍明远（鲍照）。所以并不娴熟于雍容典雅之作，而擅长于清朗哀怨之诗。永明时相王萧子良爱好文章学问，王元长（王融）等人都宗仰依附于他。当时谢朓尚未达到遒劲有力的境界，江淹的才华已经穷尽，范云的名声和地位尚属低微，因此沈约号称独一无二。尽管诗作尚未臻于完美的程度，但其工巧华丽也属一时之最了。被里巷所重视，为众人所传诵。我认为沈约所写的作品既多，现在剪除淫滥芜杂的内容，收录其精粹重要的部分，确实属于中品的等第。应该是辞藻比范云繁密，意旨较江淹浅明。

诗品下

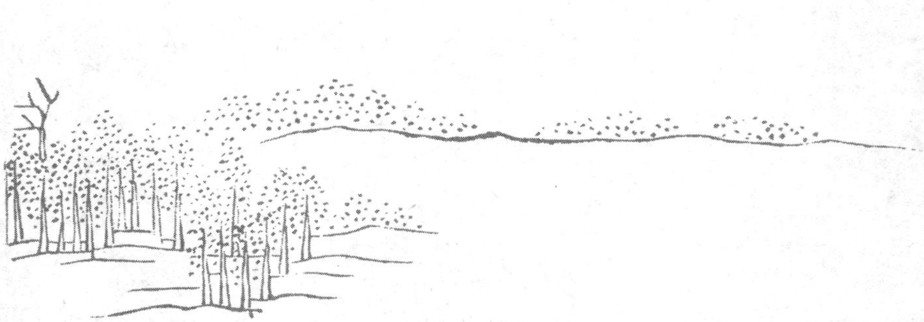

序曰：昔曹、刘殆文章之圣[①]，陆、谢为体贰之才[②]。锐精研思[③]，千百年中，而不闻宫商之辨[④]，四声之论[⑤]。或谓前达偶然不见[⑥]，岂其然乎？尝试言之：古曰诗颂，皆被之金竹[⑦]，故非调五音[⑧]，无以谐会[⑨]。若"置酒高殿上"[⑩]、"明月照高楼"[⑪]，为韵之首[⑫]。故三祖之词[⑬]，文或不工，而韵入歌唱。此重音韵之义也，与世之言宫商异矣。今既不被于管弦[⑭]，亦何取于声律耶[⑮]？

注释

①曹、刘：曹植、刘桢。文章：这里指诗歌。

②陆、谢：陆机、谢灵运。体贰：《老子》四十二章："道生一，一生二，二生三，三生万物。""体贰"一语即本于此。"体贰"在六朝时习见，也可作"体二"或"得二"，意即接近最高境界，但尚未达到最高境界。贰，本义为副，这里假借为"二"，即《老子》"一生二"之"二"，指阴阳二气或天地二仪（参见杨明先生《汉唐文学辨思录·说"体二"》）。

③锐精：专心一志。研思：反复思考。

④宫商之辨：指辨别字的读音。宫商，宫、商、角、徵、羽五声音阶的省称。六朝人常以宫、

商、角、徵、羽指说字音。如范晔《狱中与诸甥侄书》："性别宫商，识清浊，斯自然也。"沈约《宋书·谢灵运传论》："欲使宫羽相变，低昂互节，若前有浮声，则后须切响。"等到四声之说兴起后，又用以指说或比附四声，如萧子显《南齐书·陆厥传》："（沈）约等文皆用宫商，以平上去入为四声。以此制韵，不可增减，世呼为永明体。"李概《音韵决疑序》："窃谓宫商角徵羽，即四声也。"（参见詹锳先生《语言文学与心理学论集·四声与五音及其应用》、杨明先生《诗品译注》）。

⑤四声之论：空海《文镜秘府论·天卷》引隋刘善经《四声指归》："宋末以来，始有四声之目。沈氏（沈约）乃著其《谱论》，云起自周颙。"按：周颙撰有《四声切韵》、沈约著有《四声谱》，今均散佚不存。四声，汉语中平、上、去、入四种声调。

⑥或：有的人。前达：有声望、有地位的先辈。按：沈约《宋书·谢灵运传论》："自骚人以来，此秘未睹。至于高言妙句，音韵天成，皆暗与理合，匪由思至。张、蔡、曹、王，曾无先觉；潘、陆、颜、谢，去之弥远。"又《答陆厥书》："自古辞人，岂不知宫羽之殊，商徵之别，虽知五音之异，而其中参差变动，所昧实多。""或谓"云云当与此类言论有关。

⑦被：施加。金竹：金石丝竹，指乐器。古代以金、石、土、木、革、匏、丝、竹为八音。

⑧调：调节，调谐。五音：宫、商、角、徵、羽五音阶。

⑨谐会：和谐，协调。

⑩置酒高殿上：出自曹植《箜篌引》首句："置酒高殿上，亲交从我游。"其诗曾配乐歌唱，属《相和歌》，沈约《宋书·乐志》列于《大曲》，王僧虔《技录》列于《瑟调》。按：此句与下句均以诗的首句代指全篇。

⑪明月照高楼：出自曹植《七哀诗》首句："明月照高楼，流光正徘徊。"其诗曾配乐歌唱，属《相和歌》，沈约《宋书·乐志》、王僧虔《技录》均列于《楚调·怨诗》。

⑫韵：指歌辞的音乐性，即歌辞适合于配器歌唱，而不是指对四声的讲求。下文的"韵入歌唱""重音韵之义"的"韵""音韵"也是如此（参见杨明先生《诗品译注》）。

⑬三祖：指魏武帝曹操、文帝曹丕和明帝曹叡。

⑭管弦：管乐器和弦乐器。

⑮取：取用，学习。

译文

序言说：昔日曹（植）、刘（桢）大概是诗中的圣人，陆（机）、谢（灵运）是稍逊一筹的人才。众人集中精力，反复思考，但千百年之中，却没有听说过对宫商的辨别、对四声的讨论。有的人认为是前贤偶然之间没有发现这一点，难道真是这样吗？试着讨论一下这个问题：古代所说的诗颂，都要配着乐器歌唱，因而不调谐五音，就无法协调。例如“置酒高殿上”“明月照高楼”这两首诗，就是富有音乐性的最佳之作。因此，曹氏三祖创作的歌辞，文辞或许并不工巧，但都能合乐而可以歌唱，这就是重视音韵的意思，与世人所说的宫商并不一样。如今写诗既然不用配着乐器歌唱，那么声律又有什么可取之处呢？

齐有王元长者[①]，常谓余云[②]：“宫商与二仪俱生[③]，自古词人不知用之。唯颜宪子论文乃云‘律吕音调’[④]，而其实大谬[⑤]。唯见范晔、谢庄颇识之耳[⑥]。”常欲造《知音论》[⑦]，未就而卒[⑧]。

注释

①齐：指南齐。王元长：王融，字元长。参见本书“下品·齐宁朔将军王融”条。

②常：通“尝”，曾经。

③二仪：指天、地。俱生：并生。

④颜宪子：即颜延之，卒后谥宪子。律吕：音律。

古人以竹或金属制成十二根长短不同的管子，以发出十二个不同音阶的音调，其中六个音合称为律，其馀六个合称为吕。

⑤大谬miù：大错。

⑥范晔：刘宋文士。参见本书“下品 · 宋詹事范晔”条。谢庄：刘宋文士。参见本书“下品 · 宋光禄谢庄”条。按：范晔《狱中与诸甥侄书》：“性别宫商，识清浊，斯自然也。观古今文人，多不全了此处。纵有会此者，不必从根本中来。言之皆有实证，非为空谈。年少中谢庄最有其分。”又《南史 · 谢庄传》：“王玄谟问庄何者为双声，何者为叠韵。答曰：‘玄护（指王玄谟、垣护之，均为当时战将）为双声，碻磝（地名，在今山东境内。王玄谟曾与北魏军队在此交战）为叠韵。’”可见范、谢两人确实对声律问题颇为谙熟。

⑦造：撰写。

⑧就：完成。

译文

齐代有一位王元长（王融），曾经对我说：“宫商与天地并生，自古以来的文士不知道如何运用。只有颜宪子（颜延之）在讨论文学时才提及‘律吕音调’，但其实大谬不然。我只看到范晔、谢庄颇为懂得声律。”他曾经想要撰写《知音论》，未及完成就去世了。

王元长创其首①，谢朓、沈约扬其波②。三贤或贵公子孙③，幼有文辨④。于是士流景慕⑤，务为精密，襞绩细微⑥，专相凌架⑦。故使文多拘忌⑧，伤其真美⑨。

注释

①创其首：首创其事。

②扬其波：推波助澜。

③贵公子孙：这里专指王融而言。贵公，特指“三公”，即太尉、司徒、司空，并不是泛指贵族。王融家世显贵，先祖中的王导、王珣、王弘、王僧达等都曾居高位。按：从后人眼光来看，南齐永明年间声律说的理论代表当推沈约，在创作中最能体现声律要求的则为谢朓，王融在其间并未做出多少实际贡献。但在当时人的眼中，王融不仅出身高贵，而且享有盛誉，足以成为潮流的引领者（参见林晓光先生《〈诗品〉“贵公子孙”解》）。

④文辨：具有文才，聪明辨达。

⑤士流：泛指文士。景慕：景仰，仰慕。

⑥襞bì绩：原指衣服上的褶裥，这里比喻细碎的装饰。

⑦凌架：超越。

⑧拘忌：拘束顾忌。

⑨真美：这里指自然之美。

译文

王元长（王融）首创其事，谢朓、沈约推波助澜。三位贤达中有的是王公贵族的子孙，从小就具有文才，聪明辨达。于是文士们仰慕着他们，务求精巧细密，繁琐细微，一心想要压倒别人。因此使得诗歌多有拘束顾忌，有损自然之美。

余谓文制本须讽读①，不可蹇碍②，但令清浊通流③，口吻调利④，斯为足矣。至如平上去入，则余病未能⑤；蜂腰鹤膝⑥，闾里已甚。

注释

①文制：文章。这里指诗歌。须：应当。讽读：诵读。

②蹇 jiǎn 碍：滞涩阻碍，不流畅。蹇，迟钝，不顺。

③但：只要。清浊：泛指不同的声调音高，并不指平仄，具体含义已不可考（参见杨明先生《诗品译注》）。通流：通畅，流畅。

④口吻：口音，音调。调利：和谐流利。

⑤余病未能：汉魏六朝习用语，是自谢不能的谦辞（参见曹旭先生《诗品集注》）。

⑥蜂腰鹤膝：沈约等人认为在诗歌创作中应该避免出现八种声病，其中两种即为蜂腰、鹤膝。这里

代指各种声病。蜂腰、鹤膝具体所指，后世颇有异说。据空海《文镜秘府论·西卷·文二十八种病》所引齐梁时资料，蜂腰指五言诗一句之中的第二与第五两字同声调，鹤膝指五言诗第五字（第一句末）与第十五字（第三句末）同声调（参见杨明先生《汉唐文学辨思录·蜂腰鹤膝旁纽正纽辨》）。

译文

我认为诗歌原本应当能够诵读，不可滞涩阻碍，只要让声调通畅，念起来和谐流利，这就足够了。至于谈到平、上、去、入这四声，那我可不行；尽管有关蜂腰、鹤膝之类的议论，已经遍及里巷了。

陈思赠弟[①]，仲宣《七哀》[②]，公幹思友[③]，阮籍《咏怀》，子卿"双凫"[④]，叔夜"双鸾"[⑤]，茂先寒夕[⑥]，平叔衣单[⑦]，安仁倦暑[⑧]，景阳苦雨[⑨]，灵运《邺中》[⑩]，士衡《拟古》[⑪]，越石感乱[⑫]，景纯咏仙[⑬]，王微风月[⑭]，谢客山泉[⑮]，叔源离宴[⑯]，鲍照戍边[⑰]，太冲《咏史》[⑱]，颜延入洛[⑲]，陶公《咏贫》之制[⑳]，惠连《捣衣》之作[㉑]，斯皆五言之警策者也[㉒]。所谓篇章之珠泽[㉓]，文彩之邓林[㉔]。

注释

①陈思：曹植，封陈思王。赠弟：指曹植《赠白马王彪》。白马王彪，即曹彪。参见本书“下品·魏白马王彪”条。

②仲宣：王粲，字仲宣。七哀：指王粲《七哀诗》。

③公幹：刘桢，字公幹。思友：指刘桢《赠徐幹》。

④子卿：苏武，字子卿。一说，《诗品》全书并未论及苏武，此处“子卿”当为“少卿”之误，“少卿”为李陵之字（参见韩国学者车柱环先生《钟嵘诗品校证》、王叔岷先生《钟嵘诗品笺证稿》、曹旭先生《诗品集注》等）。双凫：李陵《录别诗》有“双凫相背飞，相远日已长”之句，又《赠苏武诗》有“双凫俱北飞，一凫独南翔”之句。后者或题作苏武《别李陵诗》。按：也有学者认为，此处“子卿”无误，因为《诗品》正文与序言存在着价值取向的差异，有些诗人被列入正文，但序中却不曾提及，例如阮籍；有些诗人在序言中提及，却没有被列入正文，例如桓温、庾亮。因此不能因苏武未列品而质疑此处序文（参见力之先生《关于〈诗品序〉与〈诗品〉价值取向的差异问题》）。

⑤叔夜：嵇康，字叔夜。双鸾：指嵇康《赠秀才》，其中有“双鸾匿景耀”之句。

⑥茂先：张华，字茂先。寒夕：可能指张华《杂诗》，其中有“繁霜降当夕，悲风中夜兴”“重衾无暖气，挟纩如怀冰”等句。

⑦平叔：何晏，字平叔。衣单：其诗已佚。

⑧安仁：潘岳，字安仁。倦暑：指潘岳《在怀县作》二首，其中有“我来冰未泮，时暑忽隆炽。感此还期淹，叹彼年往驶”之句。

⑨景阳：张协，字景阳。苦雨：指张协《杂诗》，其中多写雨景，如“洪潦浩方割，人怀昏垫情”等。

⑩灵运：谢灵运。邺中：指谢灵运《拟魏太子邺中集》。

⑪士衡：陆机，字士衡。拟古：指陆机《拟古诗》。

⑫越石：刘琨，字越石。感乱：指刘琨《扶风歌》《重赠卢谌》等，内容多感怀战乱。

⑬景纯：郭璞，字景纯。咏仙：指郭璞《游仙诗》。

⑭风月：其诗已佚。

⑮谢客：谢灵运。按：上文已经提及“灵运邺中”，此处似不当重复，故有不少学者对此处“谢客”多予质疑，或以为当作“谢朓”（参见韩国学者车柱环先生《钟嵘诗品校证》），或以为当作“谢庄”（参见日本立命馆大学《诗品》研究班《钟氏诗品疏》），或以为当作“谢瞻”（参见日本学者清水凯夫先生《〈诗品〉研究方法之研讨与“五言之警策”等问题的探究》），

但诸家之说均为理校，并无版本依据。另有学者认为钟嵘在序文中曾反复提及不少其他人，如谢庄、王融等，所以此处谢灵运重出也并无不妥（参见力之先生《关于〈诗品序〉与〈诗品〉价值取向的差异问题》）；还有学者则进一步转换视角，指出这段文字标举“五言之警策”，侧重于选诗而不是举人，所以人名重复并无不可（参见梁临川先生《〈诗品〉疑难问题二证》）。山泉：指谢灵运的山水诗。

⑯叔源：谢混，字叔源。离宴：可能是指谢混《送二王在领军府集》，该诗仅存佚句，其中有“苦哉远征人，将乖萃余室。明窗通朝晖，丝竹盛萧瑟。乐酒辍今辰，离端起来日”之句。

⑰戍边：鲍照有不少边塞戍守之作。

⑱太冲：左思，字太冲。咏史：指左思《咏史诗》。

⑲颜延：颜延之。入洛：指颜延之《北使洛》。

⑳陶公：陶潜。咏贫：指陶潜《咏贫士》。

㉑惠连：谢惠连。捣衣：指谢惠连《捣衣诗》。

㉒警策：原指以鞭策马，喻指精警动人的文句或作品。陆机《文赋》：“立片言而居要，乃一篇之警策。”李善注：“以文喻马，言马因警策而弥骏，以喻文资片言而益明也。驾之法，以策驾乘，今以一言之好，最于众辞，若驱驰，故云‘警策’。”

㉓珠泽：出产珠宝之泽，这里喻指文采荟萃之处。

《穆天子传》卷二："天子北征，舍于珠泽。"郭璞注："此泽出珠，因名之云。"

㉔邓林：古代神话传说中的桃林。《山海经·海外北经》："夸父与日逐走，……未至，道渴而死。弃其杖，化为邓林。"毕沅注："邓林，即桃林也。邓、桃音相近。"这里比喻汇聚之所。

译文

陈思王（曹植）的赠弟诗，仲宣（王粲）的《七哀诗》，公幹（刘桢）的思友诗，阮籍的《咏怀》诗，子卿（苏武）的"双凫"诗，叔夜（嵇康）的"双鸾"诗，茂先（张华）咏寒夕之作，平叔（何晏）咏衣单之诗，安仁（潘岳）的倦暑诗，景阳（张协）的苦雨诗，灵运（谢灵运）的《拟魏太子邺中集》诗，士衡（陆机）的《拟古诗》，越石（刘琨）感怀战乱之诗，景纯（郭璞）歌咏游仙之作，王微的风月诗，谢客（谢灵运）的山水诗，叔源（谢混）的离宴诗，鲍照的戍边诗，太冲（左思）的《咏史》诗，颜延（颜延之）的入洛诗，陶公（陶渊明）《咏贫士》，惠连（谢惠连）《捣衣诗》，这些都是五言诗中精警动人的作品。正是所谓诗篇之珠宝荟萃，词采之桃林汇聚。

汉令史班固[①] 汉孝廉郦炎[②] 汉上计赵壹[③]

孟坚才流[④]，而老于掌故[⑤]。观其《咏史》[⑥]，有感叹之词[⑦]。文胜托咏"灵芝"[⑧]，怀寄不浅[⑨]。元叔散愤"兰蕙"[⑩]，指斥"囊钱"[⑪]，苦言切句[⑫]，良亦勤矣[⑬]。斯人也而有斯困[⑭]，悲夫！

注释

①班固（32—92）：字孟坚，扶风安陵（今陕西咸阳）人。班彪之子。东汉明帝时召为兰台令史，迁为郎，典校秘书，继承父志而撰成《汉书》。曾随窦宪征匈奴。后窦宪因擅权被杀，受其牵连，下狱死。

②孝廉：汉代选举人才的科目。原本分为孝、廉两科，孝指孝悌，廉指廉洁之士。后来合并为一科。郦炎（150—178）：字文胜，范阳（今河北定兴）人。曾被举荐为孝廉。汉灵帝时诸州郡屡次征召，均不就。后因母丧而精神失常，其妻惊怖而死。妻家告官，被收下狱死。

③上计：即上计吏。参见本书"中品·汉上计秦嘉"条。赵壹（生卒年不详）：字元叔，汉阳西县（今甘肃天水）人。为人耿介，恃才倨傲，受人摈斥，屡次抵罪，几至于死，得友人相助方得免。汉灵帝

时为上计吏至洛阳，受袁逢、羊陟等礼重，名动京师。西还后，公府屡次征召，皆不就。

④才流：才士之流。

⑤老：娴熟。掌故：泛指旧事、史实。

⑥咏史：班固《咏史》咏西汉文帝时女子缇萦舍身救父之事。

⑦感叹之词：当是指《咏史》中"百男何愦愦，不如一缇萦"等句。按：班固晚年下狱与其子不遵法度有关，故由此感慨已有不孝之子（参见郑文先生《汉诗研究》、王发国先生《诗品考索》）。

⑧托咏"灵芝"：郦炎《见志诗》有"灵芝生河洲，动摇因洪波。兰荣一何晚，严霜瘁其柯"之句，借以寄托怀才不遇的感慨。

⑨怀寄：寄托心志。

⑩散愤"兰蕙"：赵壹《刺世疾邪赋》中鲁生歌云："披褐怀金玉，兰蕙化为刍。"以此来舒散内心的愤懑。

⑪指斥"囊钱"：赵壹《刺世疾邪赋》中秦客歌云："文籍虽满腹，不如一囊钱。"以此来抨击世态。指斥，直接指说。

⑫苦言：悲苦之言。切句：激切之句。

⑬良：确实。勤：忧苦。

⑭斯人也而有斯困：《论语·雍也》："伯牛有疾，

子问之，自牖执手，曰：'亡之，命矣夫！斯人也而有斯疾也！斯人也而有斯疾也！'"钟嵘此处化用其句式，用以感慨班固等三人命运多舛。按：赵壹《刺世疾邪赋》中鲁生歌末云："哀哉复哀哉，此是命矣夫！"也化用上引《论语·雍也》中孔子之言，钟嵘或许由此产生联想（参见杨明先生《诗品译注》）。

译文

孟坚（班固）是才士之流，对于旧事史实相当娴熟。看一下他的《咏史》诗，有感叹之词。文胜（郦炎）以歌咏"灵芝"来寄托心志，寄寓的怀抱不浅。元叔（赵壹）在"兰蕙"歌中舒散愤懑，在"囊钱"诗中直斥世态，悲苦的语言，激切的词句，确实也很忧苦。这样的人却有这样的困顿，可悲啊！

魏武帝[1] 魏明帝[2]

曹公古直[3]，甚有悲凉之句。叡不如丕，亦称三祖[4]。

注释

①魏武帝：即曹操（155—220），字孟德，小名阿瞒，沛国谯（今安徽亳州）人。东汉末年参与讨伐董卓，后挟汉献帝以令诸侯，最终统一北方。为丞相，封魏王。其子曹丕称帝之后，追尊其为武皇帝。

②魏明帝：即曹叡（204—239），字元仲，沛国谯（今安徽亳州）人。曹操之孙，曹丕之子。曹丕逝世后，继位为帝。

③古直：古朴质直。

④三祖：指魏武帝曹操、魏文帝曹丕及魏明帝曹叡。

译文

曹公（曹操）诗风古朴质直，很有悲凉的诗句。曹叡比不上曹丕，也一同并称为三祖。

魏白马王彪[①] 魏文学徐幹[②]

白马与陈思答赠[③]，伟长与公幹往复[④]，虽曰以莛叩钟[⑤]，亦能闲雅矣[⑥]。

注释

①白马王彪：即曹彪（195—251），字朱虎，沛国谯（今安徽亳州）人。曹丕、曹植的异母弟。魏文帝黄初年间，徙封为白马王，后又改封楚王。齐王曹芳嘉平初，兖州刺史令狐愚、太尉王凌等谋反，迎彪为帝。事败，自杀身亡。

②徐幹（170—217）：字伟长，北海剧（今山东昌乐西）人。被曹操召为司空军谋祭酒掾属，后任曹丕五官中郎将文学。建安末年，瘟疫流行，染疾而亡。

③陈思：曹植，封陈思王。答赠：以诗文互相赠送酬答。按：曹植有《赠白马王彪》，曹彪有答诗，仅存佚句。

④公幹：刘桢，字公幹。往复：即诗文赠答。按：刘桢有《赠徐幹》，徐幹有《答刘公幹》。

⑤以莛tíng叩钟：语本东方朔《答客难》："语曰：以管窥天，以蠡测海，以莛撞钟，岂能通其条贯，考其文理，发其音声哉！"莛，草茎。叩，

敲击。按：钟嵘此处以莛喻曹彪、徐幹，以钟喻曹植、刘桢。

⑥闲雅：娴静文雅。闲，通“娴”。

译文

白马王（曹彪）与陈思王（曹植）相互赠答，伟长（徐幹）与公幹（刘桢）彼此往复，虽说是用草茎去撞击洪钟，但也能娴静文雅。

魏仓曹属阮瑀[①] 晋顿丘太守欧阳建[②] 魏文学应玚[③] 晋中书嵇含[④] 晋河南太守阮侃[⑤] 晋侍中嵇绍[⑥] 晋黄门枣据[⑦]

元瑜、坚石七君诗，并平典不失古体[⑧]。大检似[⑨]，而二嵇微优矣。

注释

①阮瑀yǔ（165？—212）：字元瑜，陈留尉氏（今河南尉氏县）人。阮籍之父。汉末被曹操辟为司空军谋祭酒，管记室。后任仓曹掾属。按：阮瑀卒于建安十七年，尚未入魏。此处称其为“魏仓曹属”有误。但其传记入《三国志·魏书》，钟嵘此处只是从俗而已（参见曹旭先生《诗品集注》）。

②欧阳建（？—300）：字坚石，渤海重合（今山东乐陵西）人。石崇之甥。曾任山阳令、尚书郎、冯翊太守、顿丘太守等职。永康初，石崇劝淮南王司马允诛赵王司马伦。事败，受石崇牵连而被杀。

③应玚（？—217）：字德琏，汝南南顿（今河南项城）人。应璩之兄。曾任曹操丞相掾属，转曹植平原侯庶子，后为曹丕五官中郎将文学。建安末，死于瘟疫。

④嵇含（263—306）：字君道，一作居道，谯国铚

（今安徽宿州西）人。嵇康从孙。曾任尚书郎、从事中郎、中书侍郎、襄城太守等职。后投奔镇南将军刘弘。弘卒后部下作乱，被杀。

⑤阮侃（生卒年不详）：字德如，陈留尉氏（今河南尉氏县）人。与嵇康交好，有诗歌赠答。官至河内太守。按：据《世说新语·贤媛》注引《陈留志》及《宋书·符瑞志下》，阮侃所任为“河内南阳太守”“河内太守”，此处称其为“河南太守”似有误（参见王发国先生《诗品考索》、曹旭先生《诗品集注》）。

⑥嵇绍（254—304）：字延祖，谯国铚（今安徽宿州西）人。嵇康之子，嵇含之叔。曾任汝阴太守、徐州刺史、给事黄门侍郎等职，官至侍中。西晋末王室内乱，为保护惠帝而被乱军所杀。

⑦枣据（233？—285？）：字道彦，颍川长社（今河南长葛）人。曾任山阳令、黄门侍郎、太子中庶子等职。

⑧平典：平实典正。

⑨大检：大致，大体。检，法式，样式。

译文

元瑜（阮瑀）、坚石（欧阳建）等七位先生的诗作，都平实典正，不失古代诗歌的风貌。大体上相似，而两位嵇氏略微优秀一些。

晋中书张载[①] 晋司隶傅玄[②] 晋太仆傅咸[③] 魏侍中缪袭[④] 晋散骑常侍夏侯湛[⑤]

孟阳诗,乃远惭厥弟[⑥],而近超两傅[⑦]。长虞父子,繁富可嘉[⑧]。孝冲虽曰后进[⑨],见重安仁[⑩]。熙伯《挽歌》,唯以造哀尔[⑪]。

注释

①张载（生卒年不详）：字孟阳，安平观津（今河北武邑）人。张协、张亢之兄。曾任著作郎、弘农太守、中书侍郎等职。西晋末无意仕进，称病告归，卒于家。

②傅玄（217—278）：字休奕，北地泥阳（今陕西铜川）人。曹魏时举秀才。入晋后曾任御史中丞、太仆、司隶校尉等职。

③傅咸（239—294）：字长虞，北地泥阳（今陕西铜川）人。傅玄之子。曾任尚书左丞、御史中丞、司隶校尉等职。按：钟嵘称傅咸为“太仆”，其事未详。清人张锡瑜《钟记室诗平》疑此处标题本作“晋司隶傅咸　晋太仆傅玄”，与评语所述“长虞（傅咸）父子”相合，后人互易其名而致误。其说可参。

④缪袭（186—245）：字熙伯，东海兰陵（今山东

苍山）人。曾任侍中、尚书光禄勋。

⑤夏侯湛（243—291）：字孝若，沛国谯（今安徽亳州）人。曾任中书侍郎、南阳相、散骑常侍等职。

⑥远：指诗歌水平的差距而言。下文“近超两傅”的“近”也是如此。厥弟：指张协。被钟嵘列入本书“上品”。厥，其。

⑦两傅：指傅玄、傅咸父子。

⑧繁富：文辞繁多富盛。嘉：嘉许。

⑨孝冲：“孝冲”乃夏侯湛之弟夏侯淳字。此处评夏侯湛诗，故当作“孝若”。后进：后学，后辈。这里主要指夏侯湛诗歌成就低于诸人（参见杨明先生《诗品译注》）。

⑩见重：受到重视。安仁：潘岳，字安仁。按：《世说新语·文学》：“夏侯湛作《周诗》成，示潘安仁。安仁曰：‘此非徒温雅，乃别见孝悌之性。’潘因此遂作《家风诗》。”“见重安仁”当指此而言。

⑪造哀：抒发悲哀之情。有学者认为，“造哀”实为“告哀”之误，语出《诗经·小雅·四月》：“君子作歌，维以告哀。”（参见吕德申先生《钟嵘诗品校释》）

译文

孟阳（张载）的诗歌，远逊于他的弟弟，而略微胜过两傅（傅玄、傅咸）。长虞（傅咸）父子，文辞繁多富盛，值得嘉许。孝若（夏侯湛）虽然水平稍低，但是受到过安仁（潘岳）的重视。熙伯（缪袭）的《挽歌》，只是用来抒发悲哀之情而已。

晋骠骑王济[1] 晋征南将军杜预[2] 晋廷尉孙绰[3] 晋征士许询[4]

永嘉以来[5]，清虚在俗[6]。王武子辈诗，贵道家之言[7]。爰洎江表[8]，玄风尚备[9]。真长、仲祖、桓、庾诸公犹相袭[10]。世称孙、许，弥善恬淡之词[11]。

注释

①王济（247？—292？）：字武子，太原晋阳（今山西太原）人。历任侍中、太仆等职。卒赠骠骑将军。

②杜预（222—284）：字元凯，京兆杜陵（今陕西西安）人。博学多才，撰有《春秋左氏经传集解》。曾任镇南大将军，都督荆州诸军事。因平吴有功，封当阳县侯。卒赠征南大将军。

③孙绰（314—371）：字兴公，太原中都（今山西平遥）人。孙楚之孙。曾任征西将军庾亮参军、永嘉太守、廷尉卿等职。

④许询（334？—357？）：字玄度，高阳（今河北高阳县东）人。终身不仕，好游山水，居于会稽，与谢安、王羲之、孙绰等人游处其间。

⑤永嘉：晋怀帝司马炽年号（307—313）。

⑥清虚：清静虚无。这里指道家老庄的言论。

⑦王武子辈诗，贵道家之言：王济、杜预等人均卒于永嘉以前，而此处接续着“永嘉以来”叙述，故有学者认为由此“可知古人著书，不甚严其细微之处”（参见韩国学者李徽教先生《诗品汇注》）。按：古书中常有事情发生在前而补充叙述于后文的情况（参见徐仁甫先生《广古书疑义举例·事在前而补记于后例》），故此处似不必视作钟嵘的疏忽。

⑧爰yuán：于是。洎jì：到，及。江表：江南。这里指东晋时期。

⑨玄风：玄谈的风尚。这里指玄言诗。

⑩真长：刘惔（313？—348？），字真长，沛国萧（今属安徽）人。一说，沛国相（今安徽宿州）人。曾任司徒左长史、丹阳尹等职。与孙绰、许询等交好。仲祖：王濛（309—347），字仲祖，太原晋阳（今山西太原）人。曾任司徒掾、中书郎等职。与刘惔齐名交好，都是东晋清谈风气中的代表人物。桓：当指桓温（312—373），字元子，谯国龙亢（今安徽怀远）人。曾西征平蜀，又北伐入洛。官至大司马。与刘惔友善，喜好清谈。庾：当指庾亮（289—340），字元规，颍川鄢陵（今河南鄢陵）人。曾任征西大将军，领江、荆、豫三州刺史。图谋北伐，未成而卒。相袭：继承沿袭。

⑪弥：更加。恬淡：清静淡泊。

译文

永嘉以来，谈论清静虚无的玄言成为风尚。王武子（王济）等人的诗作，崇尚道家之言。于是到了江南以后，玄风依然盛行。真长（刘惔）、仲祖（王濛）、桓（温）、庾（亮）诸位先生，仍然承袭着这种风气。世人称说的孙（绰）、许（询），更加擅长创作清静淡泊的诗歌。

晋征士戴逵[1]

安道诗虽嫩弱[2]，有清工之句[3]。裁长补短[4]，袁彦伯之亚乎[5]？逵子颙[6]，亦有一时之誉。

注释

①戴逵（329？—396？）：字安道，谯国铚（今安徽宿州西）人。精通音律，兼善书画。徙居会稽剡县，屡辞征命。

②嫩弱：柔嫩娇弱。

③清工：清新工巧。

④裁长补短：语本《孟子·滕文公上》："今滕绝长补短，将五十里，犹可以为善国。"意即取长补短，将功补过。长，这里指清工。短，这里指嫩弱。

⑤袁彦伯：袁宏，字彦伯。亚：流亚，同一类人。

⑥逵子颙 yóng：戴逵之子戴颙（378—441），字仲若。与父戴逵、兄戴勃均隐遁而有高名。刘宋时屡征不就。按：此处戴颙只是连带而及，并未正式列品。南齐谢赫《古画品录·第三品》中列有戴逵，评语最末亦云："及乎子颙，能继其美。"情况与此相同。

译文

安道（戴逵）的诗尽管显得柔嫩娇弱，但有清新工巧的诗句。取其长处来弥补其短处，是和袁彦伯（袁宏）同一类的吧？戴逵的儿子戴颙，也享有一时的声誉。

晋东阳太守殷仲文[①]

晋、宋之际，殆无诗乎？义熙中[②]，以谢益寿、殷仲文为华绮之冠[③]，殷不竞矣[④]。

注释

①殷仲文（？—407）：字仲文，陈郡长平（今河南西华县东北）人。桓玄姐夫。桓玄举兵篡夺帝位，参与其事。曾任谘议参军、侍中，领左卫将军。桓玄失败后，复投靠刘裕。任镇军长史、东阳太守等职。后因谋反而被杀。

②义熙：晋安帝司马德宗年号（405—418）。

③谢益寿：谢混，字益寿。华绮：华美绮丽。

④不竞：不能胜出。语本《左传·宣公元年》："晋侯侈，赵宣子为政，骤谏不入，故不竞于楚。"杜预注："竞，强也。"按：谢混被列入"中品"，"殷不竞"，故列入"下品"。

译文

晋、宋之间，恐怕没有诗了吧？义熙年间，以谢益寿（谢混）、殷仲文的诗歌为华美绮丽之首，但殷仲文是不能胜出的。

宋尚书令傅亮[1]

季友文，余常忽而不察[2]。今沈特进撰诗[3]，载其数首，亦复平美[4]。

注释

①傅亮（374—426）：字季友，北地灵州（今甘肃永宁）人。傅咸玄孙。初仕晋，为建威参军。后随刘裕北伐，为中书令。刘宋时任中书监、尚书令、左光禄大夫等职。后被宋文帝所杀。

②忽：忽略，轻忽。不察：没有察知，不了解。

③沈特进：沈约。梁天监十一年（512），沈约曾加特进（官名）。撰诗：编纂诗集。据《隋书·经籍志》所载，沈约编有《集钞》十卷；又据《梁书》本传记载，沈约尚编有《宋文章志》三十卷。两书均已散佚无存。“撰诗”或许即指此而言。

④平美：平正和美。按：“平美”在有的版本中作“平矣”。一说，“平美”当作“平平矣”（参见韩国学者车柱环先生《钟嵘诗品校证》），则其意为平庸无奇。

译文

季友（傅亮）的诗作，我曾经轻忽而没有察知。现在沈特进（沈约）编纂诗集，载录了他的几首作品，也还算平正和美。

宋记室何长瑜[①] 羊曜璠[②]

才难[③]，信矣[④]！以康乐与羊、何若此[⑤]，而二人文辞，殆不足奇。

注释

①何长瑜（？—445）：东海郡（治郯县，今山东郯城）人。曾教授过谢惠连读书，与谢灵运等人交好。后任临川王刘义庆记室参军，因作诗讽谑同僚而徙为广州曾城令。刘义庆死后，庐陵王刘绍召为南中郎行参军，上任途中遇暴风溺死。

②羊曜璠（？—459）：羊璿之，字曜璠，泰山南城（今山东费县）人。与谢灵运、何长瑜等人交好。曾任临川内史，受到竟陵王刘诞赏遇。刘诞作乱被诛，受其牵连而被杀。按：依照本书标题的通例，作者姓名前当有时代及官职。因此"羊曜璠"前应有"宋临川内史"或"宋内史"（参见清人张锡瑜《钟记诗诗平》、韩国学者车柱环先生《钟嵘诗品校证》、陈直先生《文史考古论丛·陈延杰氏〈诗品注〉中存在的问题》等）。

③才难：人才难得。语本《论语·泰伯》："孔子曰：'才难，不其然乎！'"

④信：确实。

⑤康乐：谢灵运，封康乐侯。与：交往。《宋书·谢灵运传》："灵运既东还，与族弟惠连、东海何长瑜、颍川荀雍、泰山羊璿之，以文章赏会，共为山泽之游，时人谓之'四友'。"一说，"与"有称誉之义，亦可通。

译文

人才难得，确实如此啊！像康乐（谢灵运）那样而与羊（曜璠）、何（长瑜）有着如此的交往，可是两人的文辞，几乎是不足为奇的。

宋詹事范晔[1]

蔚宗诗，乃不称其才[2]。亦为鲜举矣[3]。

注释

①范晔yè（398—445）：字蔚宗，顺阳郡顺阳县（今河南淅川东南）人。曾任尚书吏部郎、宣城太守、太子詹事等职。后因参与谋反而被杀。博涉经史，擅长文章，通晓音律，撰著《后汉书》纪传九十篇。

②乃：竟然。

③鲜举：鲜明挺拔。按：此语颇为费解，或认为"鲜举"或为"轩举"之误，意即高扬飞举（参见古直《钟记室诗品笺》），但并无版本依据；或认为"鲜"通"尠"，"举（擧）"通"与（與）"，"鲜举"（"尠与"）意即少所称许（参见王叔岷先生《钟嵘诗品笺证稿》），可备一说。

译文

蔚宗（范晔）的诗作，竟然与他的才能不相称。但也算是鲜明挺拔了。

宋孝武帝[①] 宋南平王铄[②] 宋建平王宏[③]

孝武诗，雕文织彩[④]，过为精密，为二藩希慕[⑤]，见称轻巧矣[⑥]。

注释

①宋孝武帝：刘骏（430—464），字休龙，小字道民，彭城（今江苏徐州）人。宋文帝刘义隆第三子。文帝被长子刘劭谋害，刘骏起兵征讨。元嘉三十年（453）即帝位，以爱好文章而著称。

②宋南平王铄 shuò：刘铄（431—453），字休玄。宋文帝刘义隆第四子。元嘉十六年（439）封南平王。文帝被长子刘劭所弑，而铄为劭所信任，后又与孝武帝刘骏不和，终被毒杀。

③宋建平王宏：刘宏（434—458），字休度。宋文帝刘义隆第七子。元嘉二十一年（444）封建平王。孝武帝时颇受重用，官至中书监、尚书令。后病死。

④雕文织采：雕琢花纹，编织彩绘。比喻辞藻华丽。

⑤二藩：指刘铄、刘宏。藩，藩国。皇室分封诸王，称为藩国。希慕：仰慕，羡慕。

⑥见称：被称为。见，表示被动。轻巧：轻丽巧妙。

译文

孝武帝（刘骏）的诗作，如同雕琢花纹，编织彩绘，显得过于精致细密，受到两位藩王的仰慕，被称为轻丽巧妙。

宋光禄谢庄[1]

希逸诗，气候清雅[2]。不逮于王、袁[3]，然兴属闲长[4]，良无鄙促也[5]。

注释

①谢庄（421—466）：字希逸，陈郡阳夏（今河南太康）人。谢灵运从子。曾任吏部尚书、散骑常侍、中书令，加金紫光禄大夫。卒赠右光禄大夫。

②气候：气调，气韵。指作品的风格。

③不逮：不及。王、袁：当指王微、袁淑。按：江淹《杂体诗》模拟前代诸多诗作，以王微《养疾》、袁淑《从驾》和谢庄《郊游》相连次。刘勰《文心雕龙·时序》："王、袁联宗以龙章。"也以王、袁并称。《宋书·谢庄传》载北魏使者李孝伯来，"与镇军长史张畅共语，孝伯访问庄及王微，其名声远布如此"；又载谢庄与袁淑同时作赋，袁文原本冠绝当时，但待庄赋完成后，"淑见而叹曰：'江东无我，卿当独秀；我若无卿，亦一时之杰也。'遂隐其赋"。凡此种种，均可见三人当时齐名并称，故钟嵘此处亦将三人作比较（参见许文雨《钟嵘诗品讲疏》、韩国学者车柱环先生《钟嵘诗品校证》、杨明先

生《诗品译注》等）。

④兴属：兴味，兴致。闲长：娴雅悠长。闲，通“娴”。

⑤良：确实。鄙促：鄙陋局促。

译文

希逸（谢庄）的诗歌，气调清新优雅。虽然比不上王（微）、袁（淑），但兴味娴雅悠长，确实没有鄙陋局促之处。

宋御史苏宝生[①] 宋中书令史陵修之[②] 宋典祠令任昙绪[③] 宋越骑戴法兴[④]

苏、陵、任、戴，并著篇章，亦为缙绅之所嗟咏[⑤]。人非文是[⑥]，愈有可嘉焉[⑦]。

注释

①苏宝生（？—458）：名苏宝，字宝生，籍贯不详。出身寒门。元嘉年间，为国子学《毛诗》助教，官至南台侍御史、江宁令。后因知高阇谋反而未能及时启报，被宋孝武帝所杀。

②陵修之：生平不详，诗亦无存。

③任昙绪：生平不详，诗亦无存。

④戴法兴（414—465）：会稽山阴（今浙江绍兴）人。出身寒门。宋孝武帝时任南台侍御史，兼中书通事舍人。前废帝即位后，为越骑校尉。后被赐死。

⑤缙绅：达官贵人。嗟咏：赞叹吟诵。

⑥人非文是：指上述四位为人不足称道，但诗歌值得肯定。

⑦愈：更加。嘉：嘉许，称许。

译文

苏（宝生）、陵（修之）、任（昙绪）、戴（法兴），都撰有诗作，也受到达官贵人的赞叹吟诵。他们为人不足称道，但诗歌值得肯定，更有值得嘉许之处。

宋监典事区惠恭[1]

惠恭本胡人，为颜师伯幹[2]。颜为诗笔[3]，辄偷定之[4]。后造《独乐赋》[5]，语侵给主[6]，被斥[7]。及大将军修北第[8]，差充作长[9]。时谢惠连兼记室参军[10]，惠恭时往，共安陵嘲调[11]。末作《双枕诗》以示谢[12]。谢曰："君诚能[13]，恐人未重[14]，且可以为谢法曹造[15]。"遗大将军[16]。见之赏叹，以锦二端赐谢[17]。谢辞曰[18]："此诗，公作长所制，请以锦赐之。"

注释

①区ōu惠恭：生平不详，诗亦无存。

②颜师伯（419—465）：字长渊，琅琊临沂（今山东临沂）人。颜延之族子。宋孝武帝时，曾任御史中丞、侍中、青冀二州刺史、吏部尚书等职。前废帝时，任尚书仆射，领丹阳尹。因权重骄横，为废帝所忌，被杀。幹：地位卑末、供人驱使的门仆。自汉代开始政府部门就有各类当差、打杂的"幹"。南朝时其地位更低，至与奴仆相当，可以被主人任意打骂（参见程应镠先生《流金集·释"幹"》）。

③诗笔：指押韵的诗歌和不押韵的应用文字。按：六朝人习惯用"文""笔"来分指押韵和不押韵

的作品，由于诗歌被视作“文”中最主要的体裁，所以又流行“诗笔”之语。

④偷：私下。定：改定。

⑤造：撰写。《独乐赋》：全文已佚，内容不详。按：《孟子·梁惠王》载梁惠王喜好音乐，孟子见梁惠王时曾质问：“独乐乐，与人乐乐，孰乐乎？”据《宋书》本传记载，颜师伯“居权日久，天下辐凑。游其门者，爵位莫不逾分。多纳货贿，家产丰积，伎妾声乐，尽天下之选。园池第宅，冠绝当时。骄奢淫恣，为衣冠所嫉”。疑区惠恭所作《独乐赋》即借用《孟子》相关内容影射嘲讽颜氏。

⑥侵：侵犯，冒犯。给主：幹所服侍的主人。这里指颜师伯。按：《隋书·百官志中》：“诸州刺史守令以下，幹及力，皆听敕乃给。”可知皇帝对臣下可以给幹，故其主人称给主。如《宋书·沈演之传》：“自顷幹僮（幹、僮地位相当，史书往往并称），多不祗给主。”

⑦斥：斥退，驱逐。

⑧大将军：指彭城王刘义康（409—451），宋文帝刘义隆之弟。元嘉十六年（439）封大将军，领司徒，辟召掾属。按：刘义康修北第当在进号大将军之前，此处是以后来职务称之（参见萧华荣先生《诗品注译》）。北第：刘义康所居府邸，

因在台城之北，故称北第。按：据《宋书·谢惠连传》，当时刘义康修治的是“东府城”，其地在台城东南，与北第并非一处。不知钟嵘是否误记，抑或当时两处都曾修治（参见杨明先生《诗品译注》）。

⑨差chāi：派遣。作长：工头，监工。

⑩“时谢惠连”句：据《宋书·谢惠连传》，谢惠连于元嘉七年（430）方为刘义康法曹参军，兼记室，元嘉十年（433）即卒。则下文所述区惠恭与谢惠连嘲调事，当发生在元嘉七八年左右。其时颜师伯只有十二三岁，尚未入仕。在此之前，区惠恭不可能为其幹。钟嵘此处叙颜师伯事在前，谢惠连事在后，似认为区惠恭先为颜氏之幹，被斥后再充刘义康作长而与谢惠连嘲调，当有错讹（参见王发国先生《诗品考索》、曹道衡与沈玉成先生《中古文学史料丛考·〈诗品〉记区惠恭事序次有误》）。

⑪安陵：即安陵缠，战国时楚人，以男色见宠于楚宣王，被封为安陵君。事详《战国策·楚策一》《说苑·权谋》等。这里借指男色。嘲调：嘲戏调笑。按：据《宋书·五行志五》：“自咸宁、太康之后，男宠大兴，甚于女色，士大夫莫不尚之，天下皆相放效，或有至夫妇离绝，怨旷妒忌者”。又《宋书·谢惠连传》：“惠连先爱会稽

郡吏杜德灵，及居父忧，赠以五言诗十馀首，文行于世。”可见区惠恭以此嘲调实与当时风气及谢氏癖好密切相关。

⑫《双枕诗》：全诗已佚。内容当与男色相关。

⑬诚：确实。

⑭重：看重，注重。

⑮且：姑且，暂且。谢法曹：即谢惠连。按：据《宋书·谢惠连传》："是时义康治东府城，城堑中得古冢，为之改葬，使惠连为祭文，留信待成，其文甚美。又为《雪赋》，亦以高丽见奇。文章并传于世。”可知谢惠连的文学才能颇受刘义康爱重，因此建议区惠恭将所作诗篇假托为其所作。

⑯遗 wèi：赠送。

⑰端：表示布帛丝织品长度的度量单位，具体说法不一。

⑱辞：辞谢。

译文

区惠恭原本是胡人，是颜师伯的幹。颜师伯撰写了诗文，他就私下加以改定。后来写了一篇《独乐赋》，其中的文辞冒犯了主人，因而被斥退。待大将军（刘义康）修治北第，派遣他担任工头。当时谢惠连正兼任记室参军，惠恭时常去他那里，一起以男色为话题来嘲戏调笑。最后写了《双枕诗》给谢惠连看。谢惠连说：“你确实有才能，只怕别人并不看重，暂且可以把它当作是我谢法曹写的。”谢惠连把诗赠送给大将军。大将军见了以后爱赏赞叹，以锦帛二端赏赐给谢惠连。谢惠连辞谢说：“这首诗，是大人的工头所作，请把锦帛赏赐给他。”

齐惠休上人[①] 齐道猷上人[②] 齐释宝月[③]

惠休淫靡[④]，情过其才。世遂匹之鲍照[⑤]，恐商、周矣[⑥]。羊曜璠云："是颜公忌照之文[⑦]，故立休、鲍之论[⑧]。"康、白二胡[⑨]，亦有清句。《行路难》是东阳柴廓所造[⑩]。宝月尝憩其家[⑪]，会廓亡[⑫]，因窃而有之。廓子赍手本出都[⑬]，欲讼此事[⑭]，乃厚赂止之。

注释

①惠休上人（生卒年不详）：俗姓汤，字茂远。惠休为其出家后法名。宋南兖州刺史徐湛之招集文士，待之甚厚。宋孝武帝曾命其还俗，官至扬州从事史。上人，对僧侣的尊称。

②道猷上人（生卒年不详）：据梁代慧皎《高僧传》卷五《晋吴虎丘东山寺竺道壹传》，当时若耶山有僧人帛道猷，本姓冯，山阴（今浙江绍兴）人。此道猷为晋人，未详是否即钟嵘所指。若是此人，则标题当作"晋道猷上人"。按：《高僧传》卷七有《宋京师新安寺释道猷传》，有学者认为所记道猷即钟嵘所指（如古直《钟记室诗品笺》）。实则该处所述乃另一人，并非若耶山之帛道猷（参见杨明先生《诗品译注》、曹道衡与沈玉成先生《中古文学史料丛考》中《晋、宋间有二道猷》及《帛道猷

诗时代考》）。

③释宝月（生卒年不详）：俗姓康，法名宝月。精通音律。齐武帝萧赜作《估客乐》，曾令其配以管弦。释，汉传佛教用作释迦牟尼的简称。自东晋以后，佛教出家人自称释子，外人则称释氏。

④淫靡：过分艳丽。

⑤匹：匹配，比并。

⑥商、周：语本《左传·桓公十一年》："商、周之不敌，君之所知也。"意即商纣王不能与周武王相匹敌。钟嵘此处借用其语，认为惠休不能与鲍照相提并论。

⑦颜公：指颜延之。

⑧休、鲍之论：指将惠休和鲍照相提并论。

⑨康、白：指康宝月、帛道猷二人。康，有的版本作"庾"，当是形近致误（参见古直《钟记室诗品笺》）。白，与"帛"音近，均为西域龟兹姓氏的音译，两者在古籍中往往混用，以《高僧传》卷五《晋吴虎丘东山寺竺道壹传》所述帛道猷为例，在白居易《沃洲山禅院记》中即写作"白道猷"，故不必改"白"为"帛"（参见姚薇元先生《北朝胡姓考》、杨明先生《诗品译注》）。

⑩《行路难》：乐府诗名。按：梁代徐陵所编《玉台新咏》卷九收录此诗，作者题为释宝月。东阳：郡名，治长山（今浙江金华）。柴廓：生平

不详。造：撰写。

⑪憩：休息。这里指住宿。

⑫会：正逢。

⑬赍jī：拿着，带着。手本：手稿，稿本。出都：来到京城。出，到。

⑭讼sòng：争辩是非曲直。

译文

惠休的诗歌过于艳丽，情思超过诗才。世人便将他和鲍照相提并论，恐怕他是难以和鲍照匹敌的。羊曜璠说："这是因为颜公（颜延之）忌妒鲍照的诗歌，因此才制造这种休、鲍并列的言论。"康（宝月）、白（道猷）两位胡僧，也有清朗的诗句。《行路难》是东阳人柴廓所作。宝月曾经住宿在他家里，正逢柴廓去世，就窃为己有。柴廓的儿子拿着手稿来到京城，想要就此争个是非曲直，于是宝月给了他一大笔钱来平息此事。

齐高帝[①] 齐征北将军张永[②] 齐太尉王文宪[③]

齐高帝诗，词藻意深[④]，无所云少[⑤]。张景云虽谢文体[⑥]，颇有古意。至如王师文宪，既经国图远[⑦]，或忽是雕虫[⑧]。

注释

①齐高帝：萧道成（427—482），字绍伯，南兰陵（今江苏常州）人。刘宋时任左军中兵参军、南兖州刺史、太尉、相国，封齐王。后废宋自立，建立齐朝。

②张永（410—475）：字景云，吴郡（今江苏苏州）人。初为州从事，补余姚令，入为尚书中兵郎。刘宋时历任建康令、冀州刺史、吴兴太守、征北将军、南兖州刺史等职。按：张氏卒于宋元徽三年（475），钟嵘称其为“齐征北将军”有误，当作“宋征北将军”。

③王文宪：王俭（452—489），字仲宝，琅玡临沂（今山东临沂）人。刘宋时官至吏部郎。助萧道成建立齐朝，封南昌县公。后任侍中、尚书令、国子祭酒、中书监等职。卒赠太尉，谥文宪。按：齐永明年间，钟嵘为国子生，时王俭正任国子祭酒。钟嵘与王俭有师生之谊，且颇受王氏赏

识，故此处称其谥号而不直呼其名。

④藻：美丽。

⑤无所云少：不为不足，不可小看。云，句中助词，无义。少，不足（参见王发国先生《诗品考索》、曹旭先生《诗品集注》）。

⑥谢：逊色，不足。

⑦经国：治理国家。图远：考虑深远。

⑧雕虫：语本扬雄《法言·吾子》："童子雕虫篆刻。"这里指创作诗歌。

译文

齐高帝（萧道成）的诗歌，词采美丽，意旨深刻，不可小看。张景云（张永）虽然在诗体方面有所逊色，但颇有古代诗歌的意趣。至于王文宪（王俭）老师，既然关注国家治理而考虑深远，或许忽视了这雕虫小技。

齐黄门谢超宗[①] 齐浔阳太守丘灵鞠[②] 齐给事中郎刘祥[③] 齐司徒长史檀超[④] 齐正员郎钟宪[⑤] 齐诸暨令颜测[⑥] 齐秀才顾则心[⑦]

檀、谢七君，并祖袭颜延[⑧]，欣欣不倦[⑨]，得士大夫之雅致乎[⑩]！余从祖正员常云[⑪]：大明、泰始中[⑫]，鲍、休美文[⑬]，殊已动俗[⑭]。唯此诸人，传颜、陆体用[⑮]，固执不移[⑯]。颜诸暨最荷家声[⑰]。

注释

①谢超宗（？—483）：陈郡阳夏（今河南太康）人。谢灵运之孙。刘宋时任新安王国常侍、丹阳丞、临淮太守等职。入齐，任黄门郎、南郡王司马等职。后因触怒齐武帝，赐自尽。

②丘灵鞠（422？—490）：吴兴乌程（今浙江湖州）人。刘宋时任扬州主簿、建康令。萧齐时任浔阳相、东观祭酒等职。

③刘祥（459？—490）：字显徵，东莞莒（今山东莒县）人。刘宋时任巴陵王征西行参军。萧齐时任长沙王谘议参军、临川王骠骑从事中郎等职。后徙广州，终日纵酒，不久病卒。按：钟嵘称其为"给事中郎"有误，当作"从事中郎"（参见清人张锡瑜《钟记室诗平》）。

④檀超（生卒年不详）：字悦祖，高平金乡（今山东金乡）人。刘宋时任桂阳内史、国子博士等职。萧齐时任常侍、司徒右长史。后徙交州，途中被人杀害。

⑤钟宪（生卒年不详）：颍川长社（今河南长葛）人。钟嵘从祖。生平不详。

⑥颜测（生卒年不详）：琅琊临沂（今山东临沂）人。颜延之次子。刘宋时官至江夏王刘义恭大司马录事参军。其任诸暨令事，不见于史传。

⑦顾则心（生卒年不详）：萧齐永明年间，曾为诸王讲《周易》。按：顾则心，一作“顾恻”，乃因古书竖排之故；又可写作“顾测”，则因“恻”为“恻”之异体，“恻”又通“测”（参见王发国先生《诗品考索》）。

⑧祖袭：效法，承袭。颜延：颜延之。

⑨欣欣：欢快的样子。

⑩雅致：高雅的意趣。

⑪从祖正员：即钟宪。从祖，祖父的亲兄弟。正员，正员郎（政员郎）的简称，即散骑常侍（参见韩国学者车柱环先生《钟嵘诗品校证》）。

⑫大明：宋孝武帝刘骏年号（457—464）。泰始：宋明帝刘彧年号（465—471）。

⑬鲍：鲍照。休：惠休。

⑭动俗：惊动世俗。

⑮颜、陆体用：指颜延之、陆机的诗歌风格、表现手法等。颜、陆，本书“中品”评颜延之“其源出于陆机”，故此处以颜、陆并称。体用，六朝人惯将“体”“用”对举，如《老子》三十八章王弼注：“万物虽贵，以无为用，不能舍无以为体也。”韩康伯《周易·系辞上注》：“圣人虽体道以为用，未能全无以为体。”刘勰《文心雕龙·征圣》：“或明理以立体，或隐义以藏用。”萧衍《立神明成佛义记》：“既有其体，便有其用。语用非体，论体非用。用有兴废，体无生灭者也。……惑者迷其体用，故不能精。何者？夫体之与用，不离不即。离体无用，故云不离；用义非体，故云不即。”“体”“用”之间既然存在着不离不即的关系，则两者也常常可以连在一起使用，如江式的《论书表》：“魏初博士清河张揖著《埤仓》《广雅》《古今字诂》。究诸《埤》《广》，缀拾遗漏，增长事类，抑亦于文为益者也。然其《字诂》，方之许篇，古今体用，或得或失矣。”庾元威《论书》：“所学草书，宜以张融、王僧虔为则，体用得法，意气有馀。”按：此处标点历来颇有争议，有不少学者认为当作“唯此诸人，传颜、陆体，用固执不移”（参见曹旭先生《诗品集注》），可参看。

⑯固执：坚定，坚持。

⑰荷：担负。家声：家族世传的名声。按：《宋书·颜竣传》："太祖（宋文帝刘义隆）问（颜）延之：'卿诸子谁有卿风？'对曰：'竣（颜延之长子颜竣）得臣笔，测（颜测）得臣文。'"可见颜延之亦认为颜测长于诗歌（"文"与"笔"对举，主要即指诗歌而言）。

译文

檀、谢等七位先生，都效法颜延之，乐此不疲，具备了士大夫高雅的意趣吧！我的从祖正员郎曾说：大明、泰始年间，鲍（照）、（惠）休的绮丽诗歌，已经很能惊动世俗了。只有这几位，继承了颜（延之）、陆（机）的诗歌体貌，坚持执着，毫不转变。颜诸暨（颜测）最能够担负起家族世传的名声。

齐参军毛伯成[①] 齐朝请吴迈远[②] 齐朝请许瑶之[③]

伯成文不全佳，亦多惆怅。吴善于风人答赠[④]。许长于短句咏物[⑤]。汤休谓远云[⑥]："我诗可为汝诗父。"以访谢光禄[⑦]，云："不然尔[⑧]，汤可为庶兄[⑨]。"

注释

①毛伯成（生卒年不详）：毛玄，字伯成，颍川（治今河南长葛）人。东晋时官至征西行军桓温参军。按：钟嵘称毛伯成为"齐参军"有误，当作"晋参军"（参见清人张锡瑜《钟记室诗平》、陈直先生《文史考古论丛·陈延杰氏〈诗品注〉中存在的问题》）。又，《世说新语·言语》、《世说新语·言语》刘孝标注引《征西寮属名》、《文选·颜延之〈祭屈原文〉》李善注引《语林》、《隋书·经籍志》等提及毛氏时均称其字而不称名，或当时即以字行。

②吴迈远（？—474）：刘宋时任奉朝请、桂阳王刘休范江州从事。后因参与刘休范谋反，兵败被杀。按：吴迈远卒于元徽二年，并未入齐。钟嵘称其为"齐朝请"有误，当作"宋朝请"（参见清人张锡瑜《钟记室诗平》）。

③许瑶之（生卒年不详）：一作“许瑶”，高阳北新城（今河北徐水）人。刘宋时曾任奉朝请、建安郡丞。按：许瑶之应为刘宋时人，钟嵘称其为“齐朝请”有误，当作“宋朝请”（参见王发国先生《诗品考索》）。

④风人答赠：指以五言四句的民歌体作赠答之词。风人，即风人体，六朝时期的江南民歌的一种体裁。按：当时江南地区流行的吴声歌曲、西曲歌多为五言四句，且颇有相互赠答之语。吴迈远所作，当亦用此体（参见杨明先生《诗品译注》）。

⑤短句：指五言四句的诗体。

⑥汤休：即汤惠休。

⑦谢光禄：指谢庄。

⑧不然：不是这样。尔：句末助词。

⑨庶兄：庶出的兄长。庶，即庶子，指非正妻所生之子，与正妻所生嫡子相对。按：东汉以来的风俗本重嫡轻庶，但六朝时期南北两地风气略有不同。颜之推《颜氏家训·后娶》：“江左不讳庶孽，丧室之后，多以妾媵终家事。……河北鄙于侧出，不预人流，是以必须重娶。”可知庶出之子在南方并不受歧视排斥。又《南史·谢朏传》载谢朏本为庶出之子，“年数岁，所生母郭氏疾，朏晨昏温凊，勤容戚颜，未尝暂改。……一家尊卑感朏至性，咸纳履行、屏气语，如此者十馀年”，

非但未受歧视，反而得到敬重。谢庄为谢瞬族子，对此情形当然熟悉。故谢庄之语乃谓汤、吴诗作水准并不像亲生父子那样高低悬殊，而是像嫡庶兄弟那样相差无几。

译文

伯成（毛玄）的诗歌并不都好，但也多有惆怅的意味。吴（迈远）善于运用风人体来创作赠答之词。许（瑶之）擅长以五言四句的短诗来写咏物诗。汤惠休对吴迈远说：“我的诗可以当你诗的父亲。”吴迈远拿这番评价去询问谢光禄（谢庄），谢说：“不是这样的呀，汤的诗可以当庶兄。”

齐鲍令晖[1] 齐韩兰英[2]

令晖歌诗[3]，往往崭绝清巧[4]，拟古尤胜，唯《百愿》淫矣[5]。照常答孝武云[6]："臣妹才自亚于左芬[7]，臣才不及太冲尔[8]。"兰英绮密[9]，甚有名篇。又善谈笑。齐武以为"韩公"[10]。借使二媛生于上叶[11]，则"玉阶"之赋[12]、"纨素"之辞[13]，未讵多也[14]。

注释

①鲍令晖（生卒年不详）：东海郡（治剡县，今山东剡城北）人。鲍照之妹。按：据鲍照《请假又启》，鲍令晖当卒于鲍照在刘宋孝武帝时任中书舍人之际，并未入齐（参见曹道衡先生《中古文学史论文集·鲍照几篇诗文的写作时间》）。故此处称"齐"有误，当作"宋"，钟嵘或许是依从其兄鲍照的时代而言。

②韩兰英（439？—494？）：吴郡（治吴县，今江苏苏州）人。宋孝武帝时，因献《中兴赋》，被选入宫。宋明帝时，担任后宫司仪。齐武帝时，任内博士。

③歌诗：原指可配乐演唱的乐府诗。这里泛指诗歌。

④崭zhǎn绝：奇特不凡。清巧：清新工巧。

⑤《百愿》：其诗已佚。愿，一作"韵"。未详孰

是，此处姑从前者。或认为“其诗大意近淫，故云淫矣”（参见许文雨《钟嵘诗品讲疏》引黄侃说），或认为令晖之诗“篇篇苦诉怨女情，仲伟所云盖指此”（参见韩国学者车柱环先生《钟嵘诗品校证》）。按：陶潜《闲情赋》描写男性对女性思慕之切，有所谓“十愿”，即“愿在衣而为领，承华首之余芳；悲罗襟之宵离，怨秋夜之未央”云云，《百愿》内容或许与此相仿。

⑥照：鲍令晖之兄鲍照。孝武：宋孝武帝刘骏。

⑦左芬（257?—300）：字兰芝。齐国临淄（今山东淄博）人。左思之妹。晋武帝时被选入官为贵嫔。按：据上世纪三十年代在洛阳出土的墓志铭，其名当作“左棻”（参见浦江清先生《浦江清文史杂文集·左芬墓志铭》）。

⑧太冲：左思，字太冲。

⑨绮密：组织细密。

⑩韩公：据《南齐书·皇后传》，齐武帝因韩兰英年老多识，尊称其为“韩公”。

⑪借使：假使。二媛yuàn：指鲍令晖与韩兰英。媛，对女性的美称。上叶：前代。这里指汉代。

⑫“玉阶”之赋：指班婕妤《自悼赋》，其中有“华殿尘兮玉阶苔”之句。

⑬“纨素”之辞：指班婕妤《怨歌行》，其中有“新裂齐纨素”之句。

⑭讵jù：通“遽”，匆遽，一下子。多：贵重。

译文

（鲍）令晖的诗歌，往往奇特不凡，清新工巧，拟古之作尤为出色，只有《百愿》诗显得淫放。（鲍）照曾经回答孝武帝说：“微臣妹妹的才华自然能和左芬匹敌，但微臣的才华就比不上太冲（左思）了。”（韩）兰英诗歌组织细密，有很多知名的诗篇。又善于谈说调笑。齐武帝称她为“韩公”。假使这两位才女生活在前代，那么“玉阶”之赋、“团扇”之诗，是不会一下子就被人看重的。

齐司徒长史张融[①] 齐詹事孔稚珪[②]

思光诗缓诞放纵[③]，有乖文体[④]。然亦捷疾丰饶[⑤]，差不局促[⑥]。德璋生于封溪[⑦]，而文为雕饰，青于蓝矣[⑧]。

注释

①张融（444—497）：字思光，吴郡（今江苏苏州）人。刘宋时任封溪令、太傅萧道成掾。南齐永明年间，官至司徒左长史。

②孔稚珪（447—501）：字德璋，会稽山阴（今浙江绍兴）人。张融表弟。刘宋时曾任尚书殿中郎、骠骑大将军萧道成记室参军等职。南齐时任御史中丞、太子詹事等职。

③缓诞放纵：一作“缓放诞纵”，意即逸荡无规检（参见王发国先生《诗品考索》）。

④乖：违背。按：张融《门律自序》：“吾文章之体，多为世人所惊。汝可师耳以心，不可使耳为心师也。夫文岂有常体，但以有体为常，政当使常有其体。”又《戒子书》：“吾文体英绝，变而屡奇，既不能远至汉魏，故无取嗟晋宋。”可见其创作主张与钟嵘所评若合符契。

⑤捷疾丰饶：指才思敏捷而丰富（参见王发国先生

《诗品考索》）。

⑥差：颇，很。

⑦生于封溪：意即孔稚珪之诗源出于张融。封溪，县名，属交州武平郡，在今越南河内西北。张融曾任封溪令，故以封溪代指张融。

⑧青于蓝：即青出于蓝。语本《荀子·劝学》："青，取之于蓝而青于蓝。"此处喻指孔稚珪之诗源出于张融而胜于张融。

译文

思光（张融）之诗逸荡放纵，有悖于诗歌应有的体貌。但也才思敏捷而丰富，颇不拘谨促迫。德璋（孔稚珪）的诗歌源出于封溪（张融），而语言注重雕饰，青出于蓝而胜于蓝。

齐宁朔将军王融[1] 齐中庶子刘绘[2]

元长、士章，并有盛才[3]，词美英净[4]。至于五言之作，几乎尺有所短[5]。譬应变将略，非武侯所长，未足以贬卧龙[6]。

注释

①王融（467—493）：字元长，琅琊临沂（今山东临沂）人。南齐时任竟陵王萧子良法曹行参军、宁朔将军等职。因拥立萧子良，遭郁林王萧昭业嫉恨，后被赐死。

②刘绘（458—502）：字士章，彭城（今江苏徐州）人。刘宋时任太尉萧道成行参军。南齐时任太子中庶子、长沙内史等职。入梁，为大司马从事中郎。

③盛才：高才，大才。

④词美英净：文辞华美明净。此处指骈文创作而言（参见曹道衡与沈玉成先生《中古文学史料丛考·刘绘与钟嵘〈诗品〉》）。按：一作“词笔莹净”，有学者由此怀疑本作“词彩英净”（参见韩国学者车柱环先生《钟嵘诗品校证》），可备一说。

⑤尺有所短：语出《楚辞·卜居》：“夫尺有所短，

寸有所长。”这里比喻王融、刘绘虽有盛才，但也有短处。

⑥譬应变将略，非武侯所长，未足以贬卧龙：《三国志·蜀书·诸葛亮传》：“然连年动众，未能成功，盖应变将略，非其所长欤？”钟嵘在这里化用其语，比喻王融、刘绘虽然不长于创作五言诗，但其大才仍未可贬抑。应变，应对变化。将略，用兵的谋略。武侯、卧龙，均指诸葛亮。

译文

元长（王融）、士章（刘绘），都有高才，文辞华美明净。至于五言诗之作，差不多是尺有所短了。譬如应对变化、用兵谋划，并不是武侯（诸葛亮）所擅长的，但这并不足以贬抑卧龙（诸葛亮）。

齐仆射江祏[①]

祏诗猗猗清润[②]。弟祀[③]，明靡可怀[④]。

注释

①江祏 shí（？—499）：字弘业，济阳考城（今河南兰考）人。其姑母为齐明帝萧鸾之母。萧鸾即位后，任太子詹事、侍中、中书令等职。后谋立江夏王萧宝玄为帝，事败，为东昏侯萧宝卷所杀。

②猗yī猗：美盛的样子。清润：清丽温润。

③祀sì：江祀（？—499），字景昌，济阳考城（今河南兰考）人。江祏之弟。曾任秘书丞、南东海太守、侍中等职。与江祏同日为东昏侯所杀。按：江祀只是因其兄而连类及之，并未正式列品（参见韩国学者车柱环先生《钟嵘诗品校证》）。

④明靡：明净华美。可怀：值得怀想。

译文

江祏的诗既美且盛，清丽温润。他的弟弟江祀，诗风明净华美，值得怀想。

齐记室王巾[1] 齐绥远太守卞彬[2] 齐端溪令卞铄[3]

王巾、二卞诗，并爱奇崭绝[4]，慕袁彦伯之风[5]。虽不宏绰[6]，而文体勦净[7]，去平美远矣[8]。

注释

①王巾（？—505）：字简栖，琅琊临沂（今山东临沂）人。曾任郢州从事、征南记室、辅国录事参军等职。按：王巾，一说当作“王屮”（参见清人何焯《义门读书记》、胡克家《文选考异》等）。也有学者认为作“巾”字并不误（参见清人梁章钜《文选旁证》、胡绍煐《文选笺证》及今人曹道衡、沈玉成先生《中古文学史料丛考·王巾、王屮》等），今从之。又按：王巾卒于梁天监四年，钟嵘称其为“齐记室”，或许是因其入梁后不官，故云（参见韩国学者李徽教先生《诗品汇注》）。

②绥远：当作“绥建”（参见清人张锡瑜《钟记室诗平》）。卞biàn彬（生卒年不详）：字士蔚，济阴冤句（今山东定陶）人。刘宋时任奉朝请、员外郎等职。南齐永元（499—500）中，任平越长史、绥建太守，卒于任上。

③卞铄shuò（生卒年不详）：刘宋时任丹阳主簿。后因获罪，徙巴州。其任端溪令事不详。

④崭绝：奇特不凡。

⑤袁彦伯：袁宏，字彦伯。

⑥宏绰：宏大。

⑦勦chāo净：矫健轻捷。勦，矫健，敏捷。

⑧平美：平正柔美。

译文

王巾、二卞（卞彬、卞铄）的诗，都喜好奇绝而显得不同凡俗，仰慕袁彦伯（袁宏）的诗风。虽然气势并不宏大，但诗风矫健轻捷，超出平正柔美的风格很多了。

齐诸暨令袁嘏[①]

嘏诗平平耳，多自谓能。常语徐太尉云[②]："我诗有生气，须人捉着。不尔[③]，便飞去。"

注释

①袁嘏gǔ（？—498）：陈郡（治今河南淮阳）人。齐明帝建武末，任诸暨令。后为会稽太守王敬则所杀。

②徐太尉：指徐孝嗣（？—499），字始昌，东海郯（今山东郯城）人。因辅佐齐明帝萧鸾登基有功，加侍中、中军大将军，晋爵为公。后为东昏侯萧宝卷所杀。齐和帝萧宝融即位，追赠太尉。

③不尔：不如此，不然。

译文

袁嘏的诗平平而已，但总自以为是。曾经对徐太尉（徐孝嗣）说："我的诗作具有生气，必须有人捉住。不这样的话，就飞走了。"

齐雍州刺史张欣泰[①] 梁中书郎范缜[②]

欣泰、子真，并希古胜文[③]，鄙薄俗制[④]，赏心流亮[⑤]，不失雅宗[⑥]。

注释

①张欣泰（456—501）：字义亨，竟陵郡竟陵（今湖北潜江西）人。曾任宁朔将军、尚书都官郎等职。齐末，萧衍起兵，东昏侯以欣泰为雍州刺史。欣泰欲密谋废立，事泄被杀。

②范缜（450？—510？）：字子真，南乡舞阴（今河南泌阳）人。范云从兄。南齐时任尚书殿中郎。入梁，任尚书左丞、中书郎、国子博士等职。

③希古：仰慕古人。希，仰慕。胜文：语本《论语·雍也》："质胜文则野。"这里指诗风质朴。

④俗制：世俗之作。

⑤赏心：欣赏。流亮：即"浏亮"，清新明朗。

⑥雅宗：雅正的宗派。

译文

（张）欣泰、子真（范缜），都仰慕古人，诗风质朴，鄙薄世俗之作，欣赏清新明朗的风格，不失为雅正的宗派。

梁秀才陆厥[1]

观厥《文纬》[2]，具识文之情状[3]。自制未优，非言之失也。

注释

①陆厥（472—499）：字韩卿，吴郡（今江苏苏州）人。南齐时举秀才，为太子少傅王晏主簿。东昏侯时，扬州刺史萧遥光举兵反，事败被杀，厥父为扬州别驾，亦被诛。厥感痛而卒。按：陆厥卒于南齐，钟嵘称其为“梁秀才”有误，当作“齐秀才”（参见清人张锡瑜《钟记室诗平》）。

②《文纬》：不详。按：“文纬”一语颇为费解，有学者怀疑是指陆厥论文之作（参见许文雨《钟嵘诗品讲疏》、陈延杰《诗品注》、萧华荣先生《诗品注译》等）；也有学者认为指文之经纬，犹言其文之组织，不必为所著之文（参见韩国学者车柱环先生《钟嵘诗品校证》）。似以前说近是，姑从之。

③具：同“俱”，尽。

译文

看陆厥的《文纬》，很懂得文章的情况。自己的诗作不好，并非言论有失误。

梁常侍虞羲[1] 梁建阳令江洪[2]

子阳诗奇句清拔[3]，谢朓常嗟颂之[4]。洪虽无多，亦能自迥出[5]。

注释

①虞羲（生卒年不详）：字子阳，一说字士光，会稽余姚（今浙江余姚）人。南齐永明时为太学生，与钟嵘为同学。曾任始安王萧遥光侍郎。入梁，任晋安王侍郎。钟嵘称其为“常侍”，事不详。

②江洪（生卒年不详）：济阳考城（今河南兰考）人。南齐永明年间，曾为竟陵王萧子良门下文士。入梁，任建阳令。后因事被诛。

③清拔：清峻挺拔。

④嗟颂：赞叹吟诵。颂，同“诵”。

⑤迥 jiǒng 出：突出，超群。

译文

子阳（虞羲）的诗有奇警的句子，显得清峻挺拔，谢朓曾经加以赞叹吟诵。江洪的诗作数量虽然不多，但也能超出常人。

梁步兵鲍行卿[1] 梁晋陵令孙察[2]

行卿少年，甚擅风谣之美[3]。察最幽微[4]，而感赏至到耳[5]。

注释

①鲍行卿（生卒年不详）：东海郯县（今山东郯城）人。梁天监时任临川王录事，兼中书舍人，迁步兵校尉。

②孙察：生平不详。按：有学者认为孙察即《梁书·孙谦传》所载之孙廉，盖《梁书》作者姚思廉为避其父姚察的名讳，因察、廉二字意义相通，故改"孙察"为"孙廉"（参见陈直先生《文史考古论丛·陈延杰氏〈诗品注〉中存在的问题》），可备一说。孙廉（生卒年不详），字思约，东莞莒（今山东莒县）人。南齐时任尚书右丞，入梁后任御史中丞、吴兴太守等职。

③擅：专擅，独有。风谣：乐府歌谣。

④幽微：门第寒微。一说，指诗风深远细微，蕴藉感人（参见曹旭先生《诗品集注》）。

⑤感赏：感悟欣赏。至到：指程度达到极点（参见吴金华先生《世说新语考释》、方一新先生《东汉魏晋南北朝史书词语笺释》）。

译文

鲍行卿是年轻人，擅有乐府歌谣之美。孙察出身门第最为寒微，但感悟欣赏的能力却达到了极致。

图书在版编目（CIP）数据

诗品译注 /（南朝梁）钟嵘著；杨君译注．—北京：北京联合出版公司，2015.7（2023.8重印）

ISBN 978-7-5502-3941-8

Ⅰ.①诗… Ⅱ.①钟… ②杨… Ⅲ.①古典诗歌－诗歌理论－中国②《诗品》－译文③《诗品》－注释 Ⅳ.①I207.22

中国版本图书馆CIP数据核字（2015）第143128号

诗品译注

作　　者：（南朝梁）钟嵘
译　　注：杨　君
出 品 人：赵红仕
选题策划：梁明德　邵鹏军
责任编辑：王　巍
特约编辑：刘文硕
封面设计：格林文化
版式设计：格林文化

北京联合出版公司出版
（北京市西城区德外大街83号楼9层　100088）
三河市延风印装有限公司　新华书店经销
字数73千字　960毫米×640毫米　1/16　印张14
2015年9月第1版　2023年8月第3次印刷
ISBN 978-7-5502-3941-8
定价：33.00元
